「諦めて玉と首《だすもん》だしな」

エミリア
「おはよう、昨晩はすまなかったな」
カーシャ
ハルサリア
「グレイおひさし、ぶい」

悪人面したB級冒険者

B-GRADE ADVENTURER WITH A BAD GUY FACE BECOMES A DADDY TO THE HERO AND HIS FELLOW CHILDREN

01

主人公とその幼馴染たちのパパになる

著 えんじ ENJI
イラスト ハラ カズヒロ KAZUHIRO HARA

CONTENTS

+

B-GRADE ADVENTURER
WITH A BAD GUY FACE
BECOMES A DADDY TO THE HERO
AND HIS FELLOW CHILDREN

第1章
出会いと選択

B-GRADE ADVENTURER
WITH A BAD GUY FACE
BECOMES A DADDY TO THE HERO
AND HIS FELLOW CHILDREN

人生はやり直せない。

たとえ後悔ばかりの人生だったとしても。

だから、もし次があるとするなら……。

今度こそ悔いのない生き方をしよう。

突然ではあるが俺は転生者というやつだ。

『ブライトファンタジー』という大人気ゲームがあった。友人がプレイしているのを観《み》て面白そうだから買った。

そして俺はそんな世界に転生した。……多分。

何故多分なのかと言うと、じつは『ブライトファンタジー』を買ったはいいがパッケージを開封すらしていない。

つまり積んだ。

俺のこのゲームに対する知識はコマンド式ＲＰＧであること、複数のヒロインがいること、主人公の行動によって結ばれるヒロインが変わるということ、この世界の名前が剣と魔法の世界『ブライト』ということ。

以上である。

ああ、あとは主人公のデフォの名前がイスカってことか。

先程も説明したが、この世界には魔法がある……というか俺も使えるし、なんなら得意とも言える。

攻撃、回復、強化、弱体と種類も結構あるし、剣も使える。

どこに出しても恥ずかしくないB級冒険者だと思います。

因《ちな》みに冒険者ランクは登録時のEから始まり、D・C・B・A・Sと上がっていく。

各ランクには－《マイナス》と＋《プラス》があり、EからDに上がった場合はD－からスタートしてDになりD＋になりC－になる。

ランクアップするには規定の試験みたいなのがあり、Bランクに上がるための試験内容はCランクのクエストを連続三つ達成することだった。他にもいろいろな細かい決まりもあるがそこは割愛させてもらう。

転生モノのお約束として主人公以外に転生するのが基本。俺の名前も『グレイ』だし、自分で言うのもなんだが目つきは悪いし、よくそこら辺にいる冒険者崩れのチンピラと勘違いされる。

こんな見た目なのだから、巷《ちまた》によくある悪役とかモブ転生なんだろう。知らないけど。

そして今、そんな俺の目の前では、ガリガリに痩せボロボロの服を着た黒髪の少年と、赤毛交じりの金髪の少女が俺に対して土下座をしている。止《や》めてください。

どうしてこんなことに……。

……ああ、そうだった。

俺の前を歩いていた男に花を買ってくれって頼んだこの少年が、その男に「んな汚い花なんざいらねぇよ！」って蹴られたんだった。

その男を俺が蹴り飛ばして、怪我をした少年に回復魔法をかけたんだ。

驚いた表情で俺を見つめる少年と隣に居た少女が可哀想だったから、地面に散らばった売り物の花を俺が全部買おうかと思ったら――

「失礼なのも厚かましいのもわかってはいます……それでもお願いします。どうか病にかかった家族を、先程の魔法で治してもらえませんか……？」

「わ、わたしからもお願いします！」

――と言って、突然土下座された。

これ、年端《としは》もいかない子供達に土下座させてるチンピラにしか見えないよな、うん。

周りからは「可哀想に」とか「あんな子供に」などと話してる声が聞こえる。

待て誤解だ、俺は無実なんだ……。

二人から少し距離をとりながら質問をする。

しかし家族……か。

「両親か兄弟か？」

「いえ……おれ達……親や本当の兄弟はいません。病にかかったのは、一緒に暮らしてる仲間なんです……」

うーん、さっき使った治癒《ヒール》じゃ病気は治せないんだよな。あれは外傷にしか効果がない。病気を治せるような魔法が使えるのは基本的に教会の神官とかだ、しかも高位の。一部例外もいるけど。

一応伝手《つて》がない訳でもないが……キュアポーションなら治せる病気もあるし。一本持ってるから、それでどうにかなればいいんだが。

「……わかった、でも治せる保証はないぞ。それでもいいならその〝家族〟の所に案内しろ、できる限りのことはする」

「ほ、本当ですか?!　お礼は……その……」

「別に……、どうせ同じ街に住んでるんだ、いつか返せる時がくればその時でいい。それにさっきも言ったが治せる保証はないんだ、無理でも恨むなよ」

俺がそう言うと、少年と少女はあろうことか涙をボロボロ溢《こぼ》しながら泣き始めた。

また俺が酷《ひど》いことして泣かせたように見える（というかそうとしか見えない）展開になって周りから「まあ、畜生よ！」とか「憲兵さん呼ばなきゃ……」とか言われて、流石《さすが》に俺でも傷つくぞ……。

落ち着いた二人になんで泣いたかを聞いたら『大人の人に優しくされたから』『一緒に住んでるのは皆子供だから、仲間が病気になってずっと不安だったから』と告げられた。

なんとしても治してやらないといけない感じになってしまったな……。まあ、もし俺が治せなかったらアイツに頭を下げて頼むとしよう。

「そういえば自己紹介をしてなかったな。俺の名前はグレイだ。見ての通り冒険者をしている」

「おれはイスカです。こっちは……」

「フィオです。よろしくお願いします」

俺が名乗ると二人も名前を教えてくれた。

イスカにフィオか。良い名前……

ん？

イスカ？

イスカ……偶然……な、訳ないよな……。

まさか俺の住んでるこの街、『バストーク』に主人公が居るとは。

こういうゲーム内に転生する話のお約束としてまず――

転生先は主人公以外のモブ、死亡フラグ満載の悪役、ＴＳしてヒロイン。……最後のはあんまりないか。悪役の場合、ストーリー通りに進むとシナリオ上死んでしまうため、できる限りメインキャラには絡まないようにする。とかあるけど、自分の立ち位置もこの先のストーリーもわからない場合はどうするべきか？

なんて、答えは簡単だ。

己の心に従って思うままに行動《行き当たりばったり》する。

たとえこの先、主人公《イスカ》に関わったことにより俺が死ぬようなシナリオが待っていようとも、俺がこの子達を助けない理由にはならない。

ああ、勘違いしてほしくないんだが別に進んで死にたい訳じゃないぞ？

ただ、やれることをやらずに後悔しながら生きるのは御免だってだけだ。

その後、彼らが住んでいる家に案内してもらった。スラム街の外れにあるボロボロの小屋。窓の部分には当然ガラスなんかあるわけがなく、サイズの合ってない木の板が嵌《は》めてある。壁も所々に穴が空いており、木の板で修繕した跡がある。（出来てない所の方が多いが）

小屋の前まで来るとイスカが――

「あの……ちょっとだけ待っててもらえますか？　先に皆に事情を説明してきますから」

そう言って小屋の中へと入っていった。

スラムの孤児なのに言葉遣いが～などと言ってはいけない。この世界はゲーム（多分）でファンタジー（ガチ）なのだから。

「あの……」

「ん、なんだ？」

扉……というか木の板を嵌めただけの出入り口の前で待っている間、フィオが話しかけてくる。

ふと思ったのだが、彼女までわざわざ外で待つ必要はないんじゃないだろうか？

「えと、改めて……本当にありがとうございます」

フィオが深々と頭を下げながらそう言った。

「あのな、さっきも言ったが治せる保証はないんだ。お礼はちゃんとお前達の家族を助けることができた後で言え。それに……俺が本物の悪人じゃない保証もないんだ。もしかしてお前達の住処《すみか》まで案内させて〝家族〟もろとも、奴隷《どれい》商に売り払うつもりかもしれないぞ」

俺はこの出会ったばかりの、こんな顔の男を信じる子供に溜め息をつきながらそう答える。いや、嬉しいんだがな？

「それでも……です。私達の言葉に耳を傾《かたむ》けてくれましたし。それに、グレイさんが本当に悪い人ならそんなことは言わないはずです」

甘いな……信じるに足る根拠もないんだぞ。

『本当の悪人』ってのはどんな手も使うし、息をするように心にもないことを言う。

イスカもフィオも本当にスラム育ちなのだろうか？　いや、本当の親や兄弟はいないとは言っていたがスラム育ちとは言ってないな。

……ま、やめとこう。他人の身の上を興味本位で詮索するもんじゃないよな。

「あの……もしかして気を悪くしてしまいましたか？」

フィオが心配そうに声をかけてくる。

いかん、どうやら考えこんでいたらしい。

なんでもない……と、答える前にイスカが小屋の中から出てきた。

「えと、お待たせしました……どうぞ入ってください」

「ああ、それじゃ邪魔するぞ」

小屋に入る前にちょうど返事が止まってしまっていたからか、不安そうな表情のフィオに、考えごとをしていただけで別に怒ってはいないことを伝える。

「そう……ですか、よかった……」

そんなに俺は不機嫌そうに見えるのか……？

いや、自覚はある。グレイとしてこの世界に生まれ変わってから、ずっと言われてきたことだし。

でもしょうがないだろ……そういう顔なんだから。

小屋の中に入るとイスカとフィオの他に四人の子供が居た。

一番年上が十一歳か十二歳ぐらいの、茶色く長い髪の落ち着いた雰囲気の少女。

その少女に抱かれている同じ茶色い髪のまだ幼い少女と、足に隠れて此方《こちら》を見ている赤毛の少年。

そして、部屋の隅で寝ながらうなされている紫色の髪の少女……あれが病気の家族か。

しかし本当に子供しかいないんだな……。

「あのう……あなたがイスカくんやフィオちゃんに頼まれて、ステラちゃんの病気を治してくれる人……ですか？」

一番年上と思われる少女が話しかけてくる。

「ああ。まあ……治せるかどうかはわからんが、できる限りはなんとかしよう」

「まあ、本当に……あ、ごめんなさい。まだ自己紹介をしてませんでした。私は……──」

この一番年上の少女がアリアメル。

アリアメルが抱いていた少女がニナ（髪の色は一緒だが別に姉妹ではないそうだ）。

赤毛の少年がラッツ。

で、寝ている紫色の髪の少女がステラというらしい。

俺も簡単に自己紹介をして、早速病気の症状を教えてもらおうとステラに近づく。

「……っ?!」

これは……まさか。

苦しげに開かれた口から覗《のぞ》く小さな牙に白い肌。

「なあ、変な質問をするがステラの瞳は何色だ？」

俺の質問にアリアメルが答える。

「えと、赤色です。ステラちゃんの瞳はとても綺麗なんですよ」

「そうか……」

間違いない、このステラという少女はヴァンパイアだ。ハーフかクォーターかはわからないが。

苦しそうにするステラ。この子がヴァンパイアなら、この症状は栄養不足による吸血衝動が原因かもしれない。

ヴァンパイアと人のハーフやクォーターは純血のヴァンパイアに比べ、力や魔力はかなり落ちるが、日光や十字架等の弱点がなくなるという特徴がある（日光に関してはただ単に苦手な奴も多いらしいが）。

吸血衝動はあるにはあるが我慢できる程度のものらしい。ただ、栄養不足が続くと耐え難い渇きに悩まされ、衝動的に他者を襲ってしまう者もいる。

だからまぁ、単純にこの子を回復させるなら、血を与えるか栄養不足を解消してあげればいい。

幸いステラが他の子達に襲いかかってないのは、本人もどうしたいのか、どうしたら楽になるのかがわかってないからだろう。

イスカ達はステラがヴァンパイアの血を引いていることを知らないのだろうか。知っているのなら、ステラを助けてほしいなんて、知らない人間に頼ったりはしないとは思うが……。

ヴァンパイアハーフやクォーターは人間にとっても、ヴァンパイアにとっても差別の対象だ。

もちろん、全員が全員差別したりする訳じゃないが。

「あの、どうですか？　ステラの病気は……その」

心配そうに声をかけてくるイスカ。

「いや、この症状は病気じゃないぞ」

「え……でもこんなに苦しそうにしてるのに……？」

「ああ、これは栄養不足が原因だな」

「栄養不足……ですか」

明らかに落ち込むイスカ達。

まあ、無理もないか。

病気なら俺が治せると思っていたのかもしれないが（いや、治せないが）、栄養不足となると、普段から満足に食事ができないであろうイスカ達にはどうすることもできないだろうしな。

まあ、俺からしたらとても簡単な問題になった訳だ。なんといっても、普通に食事をさせるだけでいいんだし。

こう見えて俺は結構稼いでいるのだ、俺はパーティを組まずにやってるから報酬も全額自分のものだしな。

昔はあるパーティに所属していたが、いろいろあってそこを抜けてからはずっとソロでやっている。

はいそこ、組んでくれる奴がいないだけだろ？　とか言わない。

全然そんなことないし（震え声）

「お前達、普段食事はどうしてる？」

「ええと……教会がしてくれる炊き出しとか、花が売れたら市場でパンが買える時があります。あとは……その……」

「あー……悪い、もういい」

大体わかった。

恐らく、一番豪華な食事は教会がやっている炊き出しなんだろうが、あれは一週間に一度ぐらいの筈だ。

ま、まあできる限りのことはするって言ってしまったからな。何よりここでこの子達を見捨てたりしたら、俺は絶対に後悔する。

ふ……俺の自己満足の犠牲になるがよい。

「なあ……――」


流石に悪いと遠慮するイスカ達に対し、弱ったステラを盾にとり、取り敢えずひと月の間だけ、俺があの子達の食事の面倒を見る約束を取り付けた。

ククク、俺みたいな男を頼ったのが運の尽きよ……いきなり重いものは胃が受け付けないかもしれないから、今日のところはパン粥《がゆ》に小さなフルーツをつけるか。

市場へ買い出しに行こうと、イスカ達の住む小屋から出て歩いていると、後ろから嫌な視線を感じる。俺が後ろを振り返ると、いかにもな見た目のチンピラが五人立っていた。

ブーメラン？　はて……。そのうちの一人であるスキンヘッドの男が馴れ馴れしい笑顔と態度で近づいてきた。

男は突然、俺の肩に手を置いて
「よお兄弟、お前さんもあの小屋のガキに目をつけたのかい？」

そう言った。

ほお、そうか。

「……馴れ馴れしいんだよ、汚い手でさわるんじゃねえよ」

俺は迷わず男の腕を掴み、力を込めて骨を折った。スキンヘッドの男は何が起こったのかわからなかったのか一瞬ポカンとした表情になり、やがて自分の腕があらぬ方向に曲がっているのを確認して絶叫を……上げる前に俺は男の頭を掴んで地面に叩きつけた。

「あんな年端もいかない子供達に何をしようとしてるのか知らねえが……二度とそんな気が起きなくなるようにしてやる」

俺は残った四人に近づきながらそう言った。


俺の前に五人のチンピラが痛みに呻《うめ》きながら倒れている。

「あのさ」

屈みながらソイツらに声をかける。

「ハッキリ言っておくけど……もしあの小屋の子供達に手をだしたら、キリオス山の山頂に磔《はりつけ》にしてハーピーの餌《えさ》にするから。アイツら獲物が死なないように手や足の先からゆっくり……本当にゆっくり齧《かじ》るんだよ」

いや知らないけど。流石にハーピーの生態なんてわからないし。

でもコイツらにそんなことがわかる筈もなく、全員顔を青くして震えている。……俺の顔を見て。

お前らだってたいして変わらねぇだろうがよ！


俺が拠点にしているバストークという街は、この国の王都と他国を繋《つな》ぐ街道沿いにあり、街の規模が大きく人口も多い。

でかい冒険者ギルドもあり、そこそこの難易度でそれに見合った報酬の依頼も多く、俺のような専業冒険者としても暮らしやすく有り難い。

しかしまあ、人口が多いってことはその分、こういったチンピラや闇ギルド気取りの犯罪者もいる訳で。

さっきの奴らも俺に殴られながら、頻《しき》りに自分達のバックにいる組織の名前を言っていた。

確か『強欲な蜘蛛《クモ》』……だったかな。

「俺達にこんなことをしてタダで済むと思うなよ！　強欲な（ry」

「テメェ覚えてろよ！　強欲な（ry」

「もうやべでぐだざい！　腕はそんな方向にはまがあぁぁぁ」

……よく覚えてないが確か、そう。

コイツらが絡んできた理由は俺を同業者だと思ったからだそうだ。なんでも、コイツらの業界では基本的には早い者勝ちで、後から来た方が獲物を譲ってもらう場合はちゃんと対価を払って、お互いが合意してからでないと後々かなり面倒なことになるらしい。

つまり俺に交渉を持ち掛けてきたという訳だ。クソがっ！

人を見た目で判断しちゃいけませんって小学校で習わなかったのかよ！　この世界に小学校ないけど。

チンピラ達を路地裏に転がして、当初の予定通り市場で買い物をする。

パン粥の材料と林檎を買い、馴染みの店で夜営の時に使う鍋や木製の食器等を購入してから小屋に戻る。

小屋の前で準備を始めるとイスカやフィオは「え……グレイさんが料理するんですか?!」と、大層驚いていた。

似合わないって自覚はあるが、こう見えて炊事・洗濯・掃除はいつもしてるぞ。前世からずっとな……。

「あ……せめてお手伝いだけでもさせてください」

そう言って抱いていたニナを下ろすと、アリアメルが近寄ってくる。

「ありがとう。じゃあ、林檎を切ってくれるか」

アリアメルが紙袋から出す林檎を指を咥《くわ》えて見つめているラッツの頭を撫《な》でて「もうちょっと待て」と言うと、素直に頷《うなず》いた。

完成したパン粥を鍋から買ってきた食器によそっていると、後ろから誰かに服を掴まれる。

「ん？」

後ろを振り返ると、ニナが鼻水を垂らしながら俺の顔をじーっと見つめてくる。

「……ほら、動くな」

さっき買ってきたタオルでニナの鼻水を拭いてから

「あっちで待ってろ、すぐ持っていくから」

そう言ったが、ニナはずっと俺の服を掴んだまま、なおも俺の顔を見つめてくる。

な……なんだ？

顔を見ても怖がられないのは嬉しいが……あんまり見つめられるのはなんか恥ずかしいんだけど……。

「……おとーしゃん？」

ニナが俺の顔を見つめたままそう喋《しゃべ》った。

いや、違うぞ。俺はお前達の父親じゃない。

そう言おうとしたのに、何故か、この子が悲しむかもしれないと思うと言葉がでなかった。

ど……どうすればいいんだ？

「ほら、ニナ。グレイさんが困ってるよ？」

俺が困惑していると、ニナをアリアメルが抱き上げる。

俺から離れる時にニナが此方に手を伸ばしてきたのを見て、思わずその手を取りそうになった。

………お、俺は一体何をしようと……？

そのあと、子供達がパン粥を美味しそうに食べる姿を眺める。しかし、ニナとラッツはまだ小さいし、ステラはアリアメルが抱き起こして食べさせているからしょうがないが……イスカ、フィオ、アリアメルは姿勢も良くかなり綺麗に食べている。

「ついてるぞ」

パン粥だらけのニナとラッツの顔をタオルで拭く。

「おとーしゃんありがと……」

ニナは素直にお礼を言い、ラッツは何故か嬉しそうにニコニコしている。うぐ……これはやばいな。

「お兄ちゃん行ってくるね！」

「○○、留守中戸締まりはしっかりね」

「本当にいいのか○○……ま、お前ももう中学生だしな」

「「行ってきます」」

その最後の言葉を俺は……——


翌朝起きてすぐ、市場で今日イスカ達が食べる分の食材を買い込み、小屋へ届けてから冒険者ギルドへ。

申し訳なさそうな顔で受け取るイスカやアリアメル。ニナやステラはまだ寝ているらしく、「顔を見ていきますか？」とアリアメルに微笑《ほほえ》みながら言われた。俺は出張に行く前のお父さんかよ。……まあ見たんだが。

昨日は結局、俺も一緒に食事をして、せめて片付けぐらいは……と言うアリアメルに任せることに。

宿へ戻るために立ち上がろうとすると、ニナがよたよたと歩いてきて俺の膝の上に座る。

「……おとーしゃん」
そう言って、ニナは手に持ってたボロボロの人形を俺に渡してきた。
所々縫い目が解《ほつ》れて中の綿がはみ出している。
これなら針と糸があれば直せるが……。
「あ、ごめんなさいグレイさん。ニナ……グレイさんはお家《うち》へ帰らないといけないから
……ほら、こっちへおいで？」
「や……おとーしゃんのおうちここ」
と言われニナが寝るまで膝を占領され、寝てからも暫《しばら》くの間指を握られていて、結局宿
屋へ戻ったのはかなり遅くなってからだった。
戻ったら戻ったで宿屋の親父に
「なんでぇ、今日は遅いからてっきり娼館《しょうかん》でしっぽりやって、朝帰りでもすんのかと思っ
たのによ」
なんて下世話なことを言われたので娘のリナに告げ口をしといた。あの親父もなかなか
強面《こわもて》だが、一人娘のリナには頭が上がらずにいつも怒られては小さくなっているので今も
きっとそうだろう。
……まあどうせ反省しないだろうが。
そして肝心のステラは、食事をする時に一度だけ起きたが、なんというか、不思議な子

だった。

アリアメルが言っていた通りの綺麗な赤い瞳をした、無口で無表情な美少女は俺をじっ……と見つめてから、何事もなかったように食事をアリアメルに食べさせてもらい、食べ終わったら即寝た。

……わりと元気だった気がするのは気のせいだよな……？

冒険者として稼ぎギルドの扉を開けて中に入ると、まだ早い時間だというのにたくさんの冒険者で賑《にぎ》わっていた。

冒険者だけで生活してる俺のような〝専業〟は、たくさんの依頼の中からできる限り実入りの良いものを求め、こうして朝早くからギルドへ集まってくる。

〝兼業〟冒険者は国に仕えてる騎士や、自ら素材を集めて商売をする錬金術師や魔導師なんかがそれにあたる。

依頼を見に掲示板へと向かうと多くの視線を感じる。まあ、よくあることなので気にはしていない。

俺はこのギルドの常連の中では結構な有名人だし。悪い意味でだが。

恐喝、暴行、トレイン、擦り付け、獲物の横取り……全く身に覚えのない俺の噂《うわさ》をよく耳にするが、くだらん……そんなことしてたら冒険者資格なんてとうの昔に剥奪《はくだつ》されてるわ。

チンピラ達についてはノーカウントだろ、むしろ治安維持に貢献したのだから褒められてもいいぐらいだ。……だよね？

ギルドには盗賊団や指名手配された犯罪者の討伐依頼なんかもあるが、捕縛でも殲滅《せんめつ》でもどちらでも構わない場合は、俺なら迷わず後者を選ぶ。

捕縛したところで報酬にたいした違いはないし、何より手間だ。どちらにせよ処刑されるんだし、遅いか早いか……その程度の差だと思っている。

だからもし、あのチンピラどもがイスカ達に危害を加えるようなら次は迷わず殺す。背後にいる組織もろとも殲滅する。私利私欲で罪のない子供の未来を脅かすような奴らは許せねえしな。

掲示板に張り出された依頼書の一つを剥がし受付へ向かう。

「おお、グレイじゃねーか。今日も討伐依頼を受けて、買った素材で達成報告するのかなあ？」

後ろから声をかけられ振り向くと、戦斧《バトルアックス》を担いだ大男が立っていた。

男の名前はガンザス。『血斧』というパーティのリーダーで俺と同じBランク冒険者だ。

ガンザスの後ろには『血斧』のメンバー達がニヤニヤしながら俺を見ている。

俺は溜め息をつきながらガンザス達を睨《にら》む。

「朝っぱらから絡んでくるなよ鬱陶《うっとう》しい。暑苦しいのはその面《つら》だけにしとけ」

ガンザス達のようにこうして直接絡んでくる奴らは珍しい。

昔、俺をパーティに勧誘してきたが断った。それ以来こうしてガンザスの奴はしょっちゅうデカい声で、あることないことをわざわざ俺に聞こえるように話したり、今みたいに訳のわからないことを言いながら絡んでくる。

かまってちゃんかよ。

「おいなんだよ、つれねえなぁ。聞いたぜ、お前今度はスラムのガキ脅《おど》して何か企んでんだろ？　ああ嫌だ嫌だ……こんな犯罪者が同じBランク冒険者だなんて……」

脅してねーよ。

「あん？　俺より二……いや三年遅れで漸《ようや》くBランクになれて嬉しいのか？　わかるぜ、俺もE＋になれた時はめちゃくちゃ嬉しかったからな、丁度今のお前達みたいにな？　いやあ初心を忘れないってのは良いことだと思うぜ。そら、ゴブリン退治の依頼書はあっちだ取ってこい」

「テメェ……死にたいらしいな」

「ちょっ……おいリーダーここじゃ不味《まず》いって！」

ガンザスが戦斧に手をかけると、『血斧』のメンバーが必死になって止めにはいる。

あのまま奴が武器を構えたら正当防衛が成立したんだがな。

なんだ、別に狙ってないぞ？

……少しだけしか。

仲間に止められて少し冷静になったのか、ガンザスは舌打ちをして、俺を睨みながらパーティメンバーと立ち去っていった。

こういう時、普通ならギルドの職員やギルドマスターなんかが仲裁に入りそうなものだが、意外と誰も止めに来ない。周りの冒険者達はすぐに賭けを始めるし。ま、冒険者にとって他人の喧嘩《けんか》なんざ酒の肴《さかな》にしかならんしな。

「これを受ける」

手に持ってた依頼書を受付に出す。

「せめて受付を終わらせてから相手をしてください」

そう言ってジトッと視線を向けてくる、ポニーテールに髪をまとめたメガネの受付嬢サシャ。

「アイツが勝手に絡んできたんだ。俺は悪くない」

「子供じゃないの……」

サシャは初対面で俺の顔を見ても怯《おび》えなかった数少ない受付嬢だ。なので、コイツが受付に居る時は、多少混んでいてもそこに並ぶことにしている。

なお、本人には嫌がられてる模様。

「はぁ、もういいです。それで今回の依頼は……青い肌のオーク……エルダーオーク……

ですか。一応聞きますが、臨時で何処《どこ》かのパーティに入ったりは「しない」……」

こういう少し難易度の高い依頼の場合、他のパーティと組んで合同で受けたりもできる。ただその場合は他にこの依頼を受けてくれるパーティが現れて、ギルドから連絡がくるまで待機しなければならない。

しかもこの依頼を出した人間はオーク（下位種）とエルダーオーク（上位種）の区別もついていないのか、依頼料は普通のオークの相場分しか提示していない……というか、払えないんだろう。田舎の村は貧しいからな。

多分、ギルドも一応説明はしたんだろうが、村からお遣いに出された人間がそれを理解できなければ意味がない。

あと、こんなことは別に珍しいことでもない。依頼にはその難しさに見合った相場があるが、皆がそれを払える訳じゃない。

子供がなけなしの銅貨を持って、『盗賊に攫《さら》われた家族を助けてほしい』なんて依頼をしに来たこともある。

ギルドの職員も泣きじゃくる子供にどう説明しようか悩んでいたが、盗賊が溜め込んだ宝があるかもしれないから俺が受けた。

ま、依頼は達成したが、宝どころかろくに売れそうな物もなかったが。

故に、こんな依頼を受ける奴が他にいる訳もない。待つだけ時間の無駄だ。

なんで俺がこんな依頼受けるのかって？

……エルダーオークの睾丸《こうがん》は強力な精力剤の材料だから貴族が欲しがるんだよ。かなり高値で売れる。

そして俺はさっさとこんな依頼終わらせて、イスカ達のごはんを準備しなければならないのだ。

依頼内容は「近くの森で最近青い肌のオークを見かけるようになった。村人達が不安がっているから退治してほしい」。

じつにシンプルだ。場所はバストークから乗合馬車で一日って所か……討伐に時間をかけなければ明後日《あさって》の朝には帰ってこれるな。

「グレイさん」

「なんだ？」

受付処理をしてもらい、早速出発しようとするとサシャに呼び止められる。

「いつもありがとうございます。……我々ギルド職員に貴方の噂を信じてる人は一人もいませんん。今回も無事に帰還されることを祈ってます」

うん……？　これから睾丸を取りに行こうって時になんの話だ？

感謝されるのは嫌いではない。

人並みには嬉しいと思う、だが。

これからエルダーオークの睾丸を取りに行こうとしてる時に感謝されるのは、何か複雑な気分になる。

喜べ、まだ見ぬエルダーオーク。お前の雄の象徴はきっと加工されて貴族達の跡継ぎを作ることに有効活用される……。

𝕭

依頼のあった村に着くと外壁なんてなく、獣避《よ》けの柵がせいぜいで、今まで魔物対策はどうしていたんだ？　……というレベルだ。

別にこういう村が珍しい訳でもない。小さな畑を耕し、一生村を出ることなく生涯を終える……そんな人間は自分の住んでる場所に疑問なんて抱いたりはしない。

だからだろう
「………」

「………」

気まずい沈黙の中、俺の目の前にいるのはこの村で一番美人の、気立てが良いとされる娘だそうな。

その娘は頑張って着飾った格好で、今晩の宿代わりにとあてがわれた家の中で、俺の顔を見てビクビクと怯えている。

　おおかた、村長や村の大人達にこう言われたのだろう――

「この村のために一晩だけ我慢してくれ」

　――と。

　普通なら当然嫌がるだろう。嫌がったけど周りに言われて渋々やっているのかもしれない。けど、今のこの状況はそれでも受け入れたということだ。

　そしてこれは、少ない依頼料の補塡《ほてん》のつもりか。全くふざけている。

　確かに俺達のような冒険者は俺を含め粗野《そや》で野蛮《やばん》な奴は多い。だが誰も彼もガンザスのように下半身で生きてる訳じゃない。いやアイツの下半身事情とか知らないけど。

……そう言えばアイツ、童貞《さくらんボーイ》って噂あったっけ、考えてみたら俺の噂より酷いなおい。

　それはそれとして。

　この状況をどう乗り切るべきか。

……いやもう普通に帰らせよう。

「おい、名前は？」

「ああああの……わた……私はマリナ……です、きょ、今日はグレイさんのお……お世話を……」

　ビビりすぎだよ畜生。

「いらん」

「……え？」

「必要ないと言った。明日も早いんだ、俺はもう休むとそう伝えとけ。それからお前も早く家に帰れ」

「で、でもそれじゃ……」

「心配しなくても依頼は達成する。お前達は明日、明後日の自分達の食事のために畑を耕していればいい。俺がエルダーオーク（の睾丸）を仕留めたら、森の中で小さな動物を狩ることもできるだろう。だからもう帰れ」

休みたいのは本当なんだぞ……。

「……はい」

マリナは少し悩んでから、そう小さく返事をして戻っていった。

これが原因で彼女が他の村人から責められたらどうしよう。……いや、俺がちゃんと依頼を達成すれば済む話だな。

ならもう、明日に備えて休むか。

俺はそのままかたいベッドに横になった。

翌日、朝早く起きて準備をしていると誰かが扉を叩く。

「誰だ？」

「マリナです、グレイさん朝食をお持ちしました」

朝食か……流石にこれを断る理由はないか。

「わかった、今開ける」

扉を開けると昨日とは違い、普通の村娘の格好をしたマリナが朝食のパンとスープを持ってきてくれた。

「おはようございます、昨日は……その」

「別にいい。……朝食はありがたくいただく」

マリナはいらないけど朝食はもらう、みたいに見えるなこれ。でも他にどう言えばいいかわからないしな。

その後、朝食を食べて「美味しかった、作った人にお礼を言っておいてくれ」とマリナに伝えると、何故か少し照れていた。

村人達に見送られながら村を出る時に、「どうかお願いします」と近寄ってきたマリナに頭を下げられたので手を振って応える。

ま、午前中には終わるだろ。

最初、村に来たグレイさんを見た時は凄く怖そうな人だな……って思いました。

大きな体、キツイ口調、不機嫌そうな表情……この人が私達からの依頼を受けて魔物を退治しにきた……なんて、ちょっと信じられませんでした。

しかも村中からなんとか集めたお金もとても少なくて……あれだけじゃ誰も……そう思ってましたから、余計に。

グレイさんは村に着くなりすぐ魔物退治に出ようとしてましたが、日も傾いていたので一晩泊まっていくように村長がお願いして、グレイさんは渋々といった感じで了承しました。

そしてその後で、村長や村の大人達が私に頭を下げてお願いしてきました。

一晩だけ彼の相手をしてくれ。もしそれで子供ができても村人全員で責任をもって面倒を見るから……と。

本当は凄く嫌だけど。

私のお母さんは私を産んですぐに亡くなって、お父さんも私がまだ小さな時に……。それ以来ずっと村の人達に助けてもらってきた私には、断るなんて選択肢はありませんでした。

その日の夜、目一杯おめかしさせられてグレイさんの泊まってる空き家へと足を運びました。

私は震える手で扉をノックしました。

頑張って覚悟を決めましたが普通に断られてしまいました……。

私はそんなに魅力がないのでしょうか？

何もせずに帰されてしまい、他の人達もとても不思議がってました。

私は次の日、せめてこれぐらいは……と朝食を作ってグレイさんの所へ再び訪れました。

その時、何故か私の手は震えることはありませんでした。

グレイさんと交わした言葉は決して多くはありませんが、彼がとても優しい人なのは私にもわかりました。

その…………えと…………見た目と違って。


森の中を青い肌をした体の大きな魔物、エルダーオークが木々をなぎ倒しながら全力で走る。よく見ると右腕の肘から先がなく、体は切り傷だらけ。その表情は苦痛と屈辱《くつじょく》、そして恐怖で歪《ゆが》んでいた。

ほんの少し前まで意気揚々と配下のオーク達を連れて、近くにある人間達の集落を襲おうとしていたはずなのに。

逃げ回る人間を追いかけ、男は玩具《おもちゃ》にし、女は犯して子供を産ませる。このエルダーオークにとって人間は家畜と一緒であった。

しかし今、このエルダーオークは自身が家畜と見下《みくだ》していた人間に逆に追いかけ回されている。

つい先程森の中で遭遇した人間。今まで自分達に出会った人間は恐怖に顔を歪めて逃げ回るか、腰を抜かして無様《ぶざま》に命乞いをするか……たまに立ち向かってくる者はいても、全く相手にならない奴らばかりだった。

普通のオークに比べエルダーオークは知能が高く、ある程度は言葉も理解できる……はずなのだが、何故か男の言葉は全く理解できなかった。

「ああ、探す手間が省《はぶ》けた。なあお前、玉、置いてけよ。二つともな、あとついでに首」

改めて思い出してみてもやはりわからなかった。

しかも男の強さは異常だった。向かっていった配下のオーク達は一瞬で首を刎《は》ねられ、驚いた隙に距離を詰められ股間付近を剣先が掠《かす》めた。

冗談ではない、とエルダーオークは反撃するもすべていなされ、男が剣を振るう度に体に傷が増える。

そして右腕が斬り飛ばされてから漸く理解した。

勝てない、逃げなければ。

残った左腕で元配下の死体を投げつけてから全力で逃げ始めた。

「チッ！　おい逃げるなら玉と首は置いていけよ！」

……逃げなければ。

それから森の中を走った。方向なんてどうでもよかった。兎《と》に角《かく》あの男から距離をとらなければ。

ここまで来れば大丈夫だろう……そう思って後ろを振り返るエルダーオーク。

「鬼ごっこは終《しま》いか？　ならもう諦めて玉と首《だすもん》だしな」

男が邪悪な笑みでそう言った。

B

この世界にもマジックバッグというものはある。とても便利な物ではあるが、値段の関係で持っている奴は少ない。

冒険者必須アイテム！　みたいな売り文句なのに、普通の冒険者じゃ手がだせないってどういうことだ。

俺は昔パーティを組んでた時に買ったから持っている。そのお陰で、こうしてエルダーオークの玉×2と首を手で持ち歩かなくて済む。

が……今更だが、鞄《かばん》に玉と首ってのもかなり嫌だな……。

因みに、荷物持ち《ポーター》なんて職業はないぞ。自分達で持て。

だから、この世界に『Sランクパーティから追放される荷物持ち』なんて存在しないのだ。

マジックバッグがあるんだからアイテムボックスもあるだろって？　そういうスキルを持ってる奴がいるって話は聞いたことあるが、実際に会ったことはない。

バストークへ戻る前に依頼をした村へと立ち寄る。本来はこんなことする必要はなく、ギルドへ報告すればギルドから依頼者へと依頼達成の知らせが届くようにはなっているが……ま、アフターフォローぐらいあってもいいだろ。

村で依頼達成の報告をして、証拠としてエルダーオークの首を出したら、集まってきた村人達から感謝の言葉とともに早くしまってくれとお願いされた。

何故だ。

帰ろうとするとマリナが
「今日も泊まっていきませんか？　その……私が夜ごはん作りますから……」

と言ってきたが、イスカ達に渡した食料は鮮度のことも考えると三日分ぐらいしかない。

気持ちは嬉しいが、ニナやラッツがお腹《なか》を空《す》かせるかもしれないと考えると……。

「いや、気持ちだけ受け取っておく。俺には早く帰らなければならない理由がある」

ニナの人形も修繕しなければならないし。

アリアメルが言うにはとても大切にしていたものらしいからな、直したら喜んでくれるかもしれない。

「そうですか……」

とても残念そうにするマリナ。

こういう時に湧く謎の罪悪感ってなんなんだろうな。

「……まあ、また何かあったら言え。魔物や盗賊を相手にすることしかできないが」

でもこれじゃ冒険者というより傭兵みたいだな……。

冒険者と傭兵は結構違う。冒険者ギルドの発行する冒険者カードは身分証明としていろいろな国で使える。

その分、冒険者は各国の定める法以外に冒険者法によっても制約を受ける。例えば、依頼者がギルドへ提示した報酬以外の物（追加の金や宝石等）を依頼者へ要求することは禁止されている。だから今回のマリナの件も冒険者の方から要求した場合はアウトだ。

法を犯せば罰金や冒険者資格の停止や剥奪もある。そしてその場合、当然、冒険者カードの効力も失われる。

傭兵にはそれがない。基本は依頼主とそれを受ける個人の問題になる。が、それ故に傭兵は冒険者以上に信用が重要になる。

意外と夢がない？

どんなものにも責任ってのは付いてくるもんだし、要はそれさえ守れば後は自由にしていい訳だから、俺としては気楽なものだがな。

そもそも、日本に比べたら法なんてガバガバで、あってないようなものだし。

村人達から見送られながら村を出る。

一人、また一人と家へ戻っていくなか、マリナはずっと村の出入り口で俺に手を振っていた。

俺は帰りの馬車の中である計画を立てていた。

それは……夢のマイホーム計画！

バストークで暮らし始めてもう結構たつし、いい加減、腰を落ち着けようかと思っていた。

宿屋での暮らしも悪くはないが……やはり帰る家は欲しい。

喜べエルダーオーク！　お前の玉がその資金になるのだ！

……なんかこれ、俺が素直に喜べないな。表情に出ていたのか、周りの乗客達も俺を見て震えているし……。

いや、俺が同じ馬車に乗るのがわかった時点で既に怯えられていたが。

𝕭

「うー……うぅ」

「……パパちゃんとなでてあげて」

「あ、あはは……」

「ニ……ニナ、ほら、グレイさん……ね？」

俺の膝の上でニナが力いっぱい抱き付いて、頭をぐりぐり押し付けてくる。涙と鼻水で俺の服が大変なことになっているが……まあ、それはしょうがない。

困った顔をするイスカとフィオに、おろおろするだけのアリアメルと、初めての俺へ向けた言葉が「パパ」だったステラ。

知らないうちに二人目まで……子だくさんだな俺……。

ニナの頭を撫でながら背中を優しく叩く。

……………何故こんな状況に。

時は戻って数時間前。

馬車でバストークへ戻ったのは明け方のまだ早い時間だったので、一旦宿へと戻り、ニナの人形を針と糸で修繕することにした。

ちくちくちく……

うーん、人形に使われてる生地そのものが傷んでるからまたすぐに破れそうだな。

どうしたものか、傷んだ生地を元の状態に戻す魔法とかないかな。

……あ
もしかして錬金術ならなんとかなるかも。

俺は知り合いの錬金術師の顔を思い浮かべながらそう思った。

もし駄目だったら霊薬《エリクサー》に浸すとかすればなんとかなるかもしれない。

……ならなかったらどうしよう。

俺は準備をして宿屋を出ることにした。

部屋から出て階段を下ると、宿屋の親父がカウンターで暇そうにしている。

「んー？　どうしたんだ、お前。帰ったばっかりなのにまた出掛けるのか」

「……べつ」

俺が別にいいだろ、と言う前に何か閃《ひらめ》いた顔をする親父。

「ははーん、あれか、女だな？　依頼から帰ってすぐなんて元気だねぇ……俺も若い頃は……」

「おーいリナ、お前の親父、またなんか言ってるぞ」

俺がそう言うと、二階の部屋の掃除をしていたセミロングの金髪を後ろでまとめた美少女が階段を下りてくる。この宿の看板娘で宿屋の親父の娘のリナだ。

「もう！　おとうさんまた！」

困った時のリナ頼りよ、恐れ入ったか。どうでもいいが本当に似てないなこの親子。オーガがエルフを産んだとか、そのレベル。

「やっ……ちがっ……てめ、リナを呼ぶなんて卑怯だぞ！　男だったら正々堂々と猥談《わいだん》に付き合いやがれ！」

意味不明である。

「あとは任せる」

「あ、うん任せといて！　行ってらっしゃいグレイさん」

「おう行ってこい、気を付けてな」

「……ああ、行ってくる」

部屋も綺麗だし、食事も美味《うま》い……何より、ああして行き帰りには挨拶してくれる。良い宿なんだがな。

あんまり繁盛してないのはあの親父のせいだな、きっと。

俺は街の通りをイスカ達の住む小屋へと向かって歩く。

「……ルークスの野郎、ぼったくりやがって」

あれから錬金術師の自宅兼工房へ行き、いつも眠そうな顔をしたルークスという錬金術師に人形を見せて傷んだ生地が直せないか聞いたら。

「おや、どうしたんだいその人形。普通に似合わないもの持ってきて……ん？　当然直せるよ。もちろん対価はいただくけどね。いくらだって？　いやいや、じつは今欲しい素材があってさぁ、エルダーオークの……わかるだろう？　首じゃねぇよしまえ、なんでそのまま持ってるんだよ。なんで知ってるのかって？　……企業秘密だよ」

で、結局玉を一つ持っていかれた訳だ。

他の奴に頼んだらどうかって？　ルークスはああ見えてまだ無理難題を吹っ掛けてこないだけマシな方なんだよ……。俺が言うのもなんだが、錬金術師は変人が多いし。

それにこういう時に良くしとけば、アイツはいろいろ融通《ゆうずう》してくれるしな。

手持ちのキュアポーションも――

「普通のクスリ……失敗作だね。あげるよそれ」

ってタダでくれたものだ。買うと普通に高い。

それに、だ。

綺麗になった人形を眺める。……ニナが喜んでくれるなら別にいいか。


なんて思っていたんだがな……。

食料を買ってイスカ達の小屋へ向かった俺を待っていたのは、おとーしゃんが居なくなったとアリアメルに抱き付いて泣くニナと
「大丈夫、パパはきっと帰ってくる」

と、それを慰めるステラの姿だった。

あの後、なんとか泣き止《や》んだニナを膝から下ろして食事の準備をすることに。

俺が居ない間はアリアメルがイスカとフィオに手伝ってもらって作っていたらしい。アリアメルはお姉ちゃんしてるな。

……あ、食事が終わったらニナに人形を渡さないと。喜んでくれるといいんだが。

料理中もニナは俺の服を掴んで傍《そば》から離れなかった。

アリアメルが離そうとしたが、そのままで大丈夫だと言うと、少し嬉しそうに、わかりましたと答えた。

ラッツは買ってきた食材を見て指を咥えている。林檎の時といい……食いしん坊キャラなのかな？

料理ができ上がり、皆で食事中にイスカをチラリと見る。

フィオと話をしながら美味しそうに食事をするイスカ。その姿はごく普通の少年にしか見えない。彼が本来どんな人生を歩み、主人公として世界を救うのか、気にはなるし何かあれば当然力を貸すが……でも、できればこの子供達には平穏な人生を歩んでもらいたい。

わかっている。

これが俺の身勝手な願いでしかないことは。

閑話 ニナの過去

B-GRADE ADVENTURER
WITH A BAD GUY FACE
BECOMES A DADDY TO THE HERO
AND HIS FELLOW CHILDREN

ニナは本当の父の顔を朧気《おぼろげ》にしか思い出せない。まだ幼い少女が覚えているのは優しく、温かな父の手の温《ぬく》もりと、父が誕生日に人形をくれたこと。

ニナは父と二人、人里離れた森の中で暮らしていた。母はまだニナが生まれて間もない時に病で亡くなったと父から聞いていたが、父からたくさんの愛情を注《そそ》いでもらい幸せな日々をおくっていた。

「ニナ。誕生日おめでとう、私達の大切な娘。ほら、誕生日プレゼントだよ」

父はそう言って優しく頭を撫でてくれた。ニナはもらった人形を抱き締めながらこの幸せがずっと続く……そう信じていた。

だがある日、朝起きると隣にいる筈の父の姿がなかった。

先に起きたのだろうかと家の中を探したが何処にも居ない。不安になったニナが父を探すために家を出て見たものは……――

どうしても

どうしてもニナはその時のことが思い出せなかった。何かとても大切なことがあったような……。

気付いたらニナは見知らぬ街の中にいた。父からもらった人形を抱き締め、不安になりながら街の中をさまよう。

父以外の人間のことを知らないニナは誰にも話しかけることができず、とぼとぼと歩く。こうしてれば父が自分を見つけてくれるのではないか……そう期待しながら。

何度も躓《つまず》いて服も人形も汚れ、お腹《なか》が空《す》いたニナはその場で泣きだした。誰もそんな少女に声をかけたりはしない。皆、面倒事は御免なのだ。

しかしそんな少女に声をかけるものがいた。

「どうしたの、お父さんやお母さんとはぐれちゃったの？　私はアリアメル、あなたのお名前を教えて、ね？」

その後、一緒に探したがどうしてもニナの父は見つからず、だからといって放ってもおけないので、アリアメルはイスカ達と住む小屋へとニナを連れて帰った。

アリアメルはなんとなく察していた。

ニナの父親はもう……しかしそれを口にはしない。ニナ自身が父が自分を迎えにきてくれると信じてるうちは。

アリアメル、イスカ、フィオ、ラッツ、ステラ……ニナは一緒に暮らすことになった皆が好きだった。

それでもニナは、ボロボロになってしまった人形を抱き締めながら、大好きな父を待ち続けている。


ある日、病気になったステラを助けに大人の男の人がやって来た。

イスカやフィオは見た目は怖いけど……と言っていたが、ニナにはとても優しそうな人に見えた。

ごはんを作ってくれてるその人の服を掴むと、振り返ったその人と目が合う。

「……ほら、動くな」

そう言って優しく顔を拭いてくれる。

「あっちで待ってろ、すぐ持っていくから」

凄く優しい目でそう言った。

「……おとーしゃん？」

やっと父が来てくれたとニナは思ったが、朝起きると父はまた居なくなっていた。

ニナは泣き、アリアメルは困った顔をして抱き締めてくれた。ステラも背中を優しく撫でてくれた。

「大丈夫、パパはきっと帰ってくる」

ステラの言った通り、父は帰ってきてくれた。抱き付いてたくさん泣いた。父はずっと困った顔で頭を撫でてくれた。

ごはんを食べ終わり、父の膝の上に座ろうとしたらその父に名前を呼ばれた。

「ニナ。あー……ほら、これ」

そう言って渡してくれたのは綺麗になった大切な人形だった。

誕生日に父が人形をくれたことを思い出す。

「それと……えーとだな。その、この街に家を買うつもりなんだ。で……お前達さえよければなんだが……俺と一緒に暮らさないか？」

やっぱりおとーしゃんだった！

ニナは凄く嬉しかった。

これからは皆で一緒に暮らせる、ニナはそう思った。

第2章 強欲な蜘蛛とB級冒険者

B-GRADE ADVENTURER
WITH A BAD GUY FACE
BECOMES A DADDY TO THE HERO
AND HIS FELLOW CHILDREN

……言ってしまった。

『俺と一緒に暮らさないか？』ってプロポーズかよ。今思い返してみても物凄く恥ずかしい……。

ああ、いや、確かに勢いで言ってしまったが、後悔なんかはこれっぽっちもないぞ。

取り敢えず一ヶ月間だけ食事の面倒を見る……から随分大事《おおごと》になったものだ。

まあ、でもしょうがないだろ……ニナのあんな姿を見て、一ヶ月たったらサヨナラなんてできるわけないだろ。

俺の言葉に対する子供達の反応はさまざまだった。

イスカは
「ええっ?!　……で、でもそんな……あ、いえ、凄く嬉しいんですけど……なんかいきなりで驚いちゃって……」

フィオは
「い、一緒に……ですか？　……ニナやアリア姉達だけじゃなく、私やイスカもいいんですか？」

ラッツはなんかよくわかってない感じだったから頭を撫《な》でると、にへーって感じで笑ってた。

アリアメルは

「え……私達全員を……ですか？　あの……本当に？　そ、そうですか……あのっ、私……頑張ります！」

……何を？

ニナは

「おとーしゃん！　ニナおとーしゃんとずっといっしょ」

そう言って嬉しそうに抱き付いて頬擦りしてきた。

ステラは無言で親指を立ててサムズアップで応《こた》えた。どうしよう、ステラのキャラがイマイチつかめない。

良い子は良い子だと思う……うん。

でも嫌がられなくてよかった……あれで嫌がられてたら普通に落ち込んでたと思う。

立ち直れない可能性すらある……。

早く帰ってくるから、と不安そうなニナを宥《なだ》めて、ギルドへの依頼達成報告と物件探しのため街中を歩く。

物件については予定より大きい物にしないとな……イスカ達の部屋（できれば一人一部屋）に風呂（必須）と、皆で食事したり集まれるリビングは欲しい。

ちょっと厳しいか？

いや、そこそこの規模のパーティハウスでもあればなんとか……。

金ならなんとかなるだろう、蓄えはあるし……玉は一個になってしまったが、うん。

そんなことを考えてるうちに冒険者ギルドへ着いたので中へ入り、いつも通りサシャの列へと並ぶ。

昼を過ぎた冒険者ギルドは早朝以上の喧騒っぷりを見せている。

順番がまわってくるのを待ちながら今日の夕食や物件について考える。周りからは相変わらず視線を感じるが、お前達より今日のイスカ達の夕食の方がよほど重要だ。

「おやぁ？　エルダーオークの耳はちゃんと買えたのかいグレイよぉ。まさかちゃんと討伐してきたなんて言わねぇよなぁ？　あれからまだ二日しかたってねーんだ。流石《さすが》に無理があるだろ。いいよなぁ、俺にもエルダーオークの耳が買える店を教えてくれよ」

もう少しで自分の順番というタイミングでガンザスに絡まれる。本当に暇な奴だな。どうやら今日は『血斧』のメンバーは不在らしくガンザス一人だ。

ま、こうなることは予想済みだが。

「よお暇人、俺に構ってほしいのはわかるがお前達は依頼を受けないのか？　ゴブリン退治が怖いなら薬草採取なんかもあるぜ？」

「チッ……んなことより俺の質問に答えろよ。お前が何処《どこ》でエルダーオークの耳を買ってきたのかをよ」

あれ質問だったのか……？

さっきからガンザスは耳、耳と言っているが、依頼がなくても規定の討伐報酬は貰える(金額はあまり多くない)。その時に証拠として提出するのがオークだと右耳だからであって、今回のような個別の依頼の場合はそれに囚《とら》われない（わかれば何処の部位でもいい）。

だから……

「今回取ってきたのは耳じゃねーんだ。いや、耳もついてるから安心しろ、そら」

そう言ってマジックバッグからエルダーオークの首をガンザスへ投げる。

ガンザスは反射的にそれを受け取るが、すぐにヒッ……と短い悲鳴を上げて首を床に落とした。

苦痛と恐怖に歪んだエルダーオークの首を顔を青くして見つめるガンザス。……お前、一応ベテランだろうが。

「おいおい……落とすなよ。お前がどうせ五月蠅《うるさ》くするだろうからと思って、折角、首ごと取ってきたのに」

ガンザスにゆっくり近づく。

「ほらもっとよく見ろよ、お前、どうせまだエルダーオークの討伐したことないんだろ?」

「や……やめ……」

首を拾い上げてガンザスに近づける。

「グレイさん」

後ろからサシャに声をかけられる。

「さっさと依頼達成報告をお願いします」

しまった……いつの間にか順番がまわってきていた。他にも並んでる奴もいるのに少し遊びすぎたか……。

俺はエルダーオークの首を両手でそっとカウンターに置いた。

「……いきなり魔物の首をカウンターに置くのって、何ハラスメントに該当すると思います?」

「ただの達成報告だぞ」

サシャは呆《あき》れた顔でカウンターに置かれたエルダーオークの首と俺の顔を交互に見る。

「はあ……これ私以外の受付にはやらないでくださいね。新人の子とか気絶するんじゃないかしら……」

「いや、心配しなくても俺はサシャの列にしか並んでないだろ」

「こう……お前にしか首を提出しないって言われて私はどんな反応をすればいいんですか？　……まあいいです、報酬の銀貨五枚をお渡しします」

オーク一匹の相場である銀貨五枚を受け取る。

「ああ……と、そうだ。少し聞きたいことがあるんだが」

「珍しいですね、後ろがつかえてるので手短かにお願いします」

サシャは右手でメガネの位置を直しながらそう言った。

「パーティハウスを探しているんだが。この近くで何処か手頃な物件を知らないか？」


「本当によかったのか？　まだ後ろ大分並んでたぞ」

「ええ、パーティハウスの案内はギルドの仕事ですから」

サシャにパーティハウスについて尋ねたら突然
「なるほど、そういうことなら案内します。メリンダ、あとお願いします」

と言い、カウンターの奥に居た別の受付嬢と交代して案内してくれることになった。

「はぁ～い、わかりまし……」

代わりに呼ばれたメリンダという間延びした喋り方をする受付嬢は、カウンターに置かれたままのエルダーオークの首を見て固まってしまった。

俺とサシャが冒険者ギルドを出ようとすると、後ろから
「せ、先輩⁈　この首どうすれば⁈」

「さ、行きましょう」

「ちょ先輩⁈　先輩⁈　カムバック先輩！」

という声が響いた。

サシャ曰《いわ》く、彼女はサボリの常習犯で、ああでもして仕事を名指しでやらせないとすぐ居眠りや自主的に休憩をするそうだ。

首を置いていってすまない……メリンダと後ろに並んでた冒険者達。

「ここですね。条件には沿えると思います、取り敢えず中を見てみましょう」

「おい、ここって……」

サシャに案内されたのは見覚えのある二階建ての大きな建物。

「ええ、元々『戦乙女』の皆さんが使ってたパーティハウスです。パーティの規模拡大に合わせて別の建物へ移られたので、ここは現在空き家となっています」

「……そうか」

パーティ『戦乙女』。女性だけで構成されたA＋パーティで、現在このバストークで最もS級に近いとされている。

S級はS－でもAとは別格の扱いだ。王族や貴族達のパーティへ呼ばれたりもするらし

いし、もう別の世界だな。

特に『戦乙女』は美人揃いだから貴族の令息達が放っておかないだろう。

……俺の昔のパーティメンバーが居る関係で、一度ここに呼ばれたことがある。

いろいろ思うところはあるがこの物件は魅力的だ。広さ、部屋数、立地条件、風呂も当然ある……。

く……、ニナの喜ぶ顔が勝手に浮かんでくる。

「即決でしたね」

「あの物件にしては値段がかなり安かったからな。相場の半分くらいじゃないか？」

「『戦乙女』の方々からあの建物を売る際に、貴方に売る場合は半額を此方《こちら》が持つ、とお達しがありまして」

「………………」

え……なんでだ？

何か嫌な予感がするけど気のせいだよな……？

その後、サシャを冒険者ギルドまで送ると、中からメリンダの怨嗟《えんさ》の声が聞こえた。

……改めてすまん。

イスカ達は喜んでくれるだろうか……。

そんなことを考えながら薄暗くなってきた街中を歩いてると、人通りの少なくなった所で囲まれてることに気付いた。

「誰だ？　不意討ちしたいなら殺気ぐらい隠せよ」

言葉に魔力を乗せて敵の数と位置を調べることもできるが、そんなことをする必要もない程に殺気を放ってくる。

正面の物陰に二人、建物の屋根の上に二人、背後に一人。目的なんて俺の命しかないだろうが、一応聞いておくか？

「グレイというのは貴様だな、その命を貰い受ける」

おい勝手に喋るなよ、まだ聞いてないだろうが……。

正面に居た二人が物陰から姿を現す。

黒いローブに蜘蛛《クモ》の巣模様の仮面、両手にはダガーが握られている。

蜘蛛の巣……。

「お前らもしかして『強欲な蜘蛛』とかいう組織の人間か？」

一瞬、奴らの纏《まと》う空気が変わる。

いいね、わかりやすさは重要だぞ。

「……これから死ぬ貴様が知「駄目だ答えろ」……」

「なっ?!　いつの間がっ……」

距離を詰めて二人のうち、喋ってた方の首を斬り飛ばしてもう一人の首を手で掴む。

「さっさと答えろ。お前達が強欲な蜘蛛とやらじゃないなら普通に殺す。もし強欲な蜘蛛なら苦しめて殺す。さあ、どっちだ？」

「………」

「答えてくれないのか？　……参ったな、子供達の夜ごはんの準備があるから急いでるんだよ」

「……は？」

二人目の首を刎《は》ねる。

剣についた血を払いながら後ろを振り返ると、先程首を刎ねた二人と同じ格好をした男が地面に倒れている。

いや、コイツはまだ喋ってないから男か女かわからないけど。

「体……動か……何……を」

声からすると男か……ま、どっちでもいい。

「拘束《バインド》だ。悪いな、時間が勿体《もったい》ないから建物の上にいる二人も拘束させてもらった。……意外か？　こう見えて魔法は結構得意なんだ。さ、早く答えろ」

「魔法……一体いつの間」

「タイムアップ。次だ」

三人目の首を刎ねた。

バストークの街中をイスカ達の住む小屋へと全力で走る。結局、あのローブに仮面を着けた男達は、誰も自分が強欲な蜘蛛だとは名乗らなかった。

当然か、名乗ったら苦しめるって宣言してしまったからな。

だから名乗らないってことは、それはそれで答えにはなっている。……質問時間が短かすぎるんじゃないかって？

奴らが強欲な蜘蛛ならイスカ達の安否が気になるからな、時間はかけてられん。

もしあの子達に何かあったら……

イスカ達の住む小屋が見えてくる。

小屋の外で料理の準備を始めているアリアメル、その横で人形を抱いて座っているニナ。……よかった、無事か。

しかし、途中に物陰からイスカ達が住む小屋を覗いている男達が居た。……この間のチンピラ達の中にいた奴らだ。

「おい」

「……?!　おまえっ」

「警告を無視したな？　……しかもうちの娘にのぞきを働くとはいい度胸だ。さっきは失敗したからな……楽に死にたかったら仲間の居場所を吐け」

あの子達との生活に禍根《かこん》を残すべきではない、最初からこうしていればよかった。のぞき駄目、絶対。


「あ、グレイさん……えと、お帰りなさい」

「おとーしゃん！　おかえり！」

俺の姿を見るとアリアメルは少し恥ずかしそうに、ニナは満面の笑みで出迎えてくれた。

「……ああ、ただいま」

さっきのチンピラ達は一応まだ生かしている。動けないように拘束しているが。

アイツらが喋った仲間の居場所が嘘だった場合はお仕置きが必要だからな。

今夜、ニナ達が寝てる間に片を付ける。

明日は長い間世話になった、宿屋の親父や娘のリナに挨拶をしとかないといけないしな。思えばあの宿屋も、この街でソロを始めた時から利用してるからもう大分たつな。初めて泊まった時はリナもまだ小さくて、俺の顔を見て怖がってたな……。

「おとーしゃん」

「どうした？」

ニナに呼ばれてそっちを見ると、両腕を広げたニナがニコニコと笑いながら
「だっこ！」

と言った。

こふっ（吐血）

……っく、落ち着け俺。

「……おとーしゃん？」

「あ、ああ、なんでもない。ほら、こい」

不安そうに俺を見るニナを抱き上げる。

力一杯抱き付いて嬉しそうにするニナと、優しく見守るアリアメル。

「アリア姉、何か手伝うこと……あ、グレイさん」

そうしてると、小屋の中からイスカ達が出てくる。

「パパずるい。わたしも」

小屋から出てきたステラがとてとて近寄ってきてだっこの催促をするので、ニナを右手で、ステラを左手で抱き上げる。

羨ましそうにするラッツに「順番だ、少し待ってろ」と言うとコクコク頷いた。

あ、そうだ……家が決まったことを皆に伝えないとな。

「そういえば今日、新しい家を見てきたんだ。まだ手続きが残ってるから、明後日、皆の服を買ってから一緒に行こう」

この時の俺は少し浮かれていたんだと思う。

『戦乙女』という新しい生活の別の意味での不安要素のことを、完全に失念していたのだから。

𝕭

深夜、子供達が寝静まったのを確認して起き上がる。幸せそうな子供達の寝顔。ニナ達にそっと俺が持っていた外套《マント》をかけて、小屋からでようとすると後ろから声をかけられる。

「パパ、お仕事?」

振り返るとステラが起きて此方を見ていた。少しだけ不安そうな赤く綺麗な瞳。

「すまん、起こしたか?」

「ううん」

他の子達を起こさないように小さな声での会話。

「少しだけ出掛けてくるから寝てな」

「パパ……ちゃんと帰ってくる？」

「ああ、もちろんだ。明後日から新しい家で、皆で暮らすんだからな」

「ん……わかった。怪我しないでね」

「そうだな……ステラが心配するしな」

「皆する」

「そっか」

やっぱりステラは良い子だったな。

「じゃあ行ってくるな」

「パパ」

「ん、まだ何かあるのか？」

「いつか、パパが私達のパパになってくれた理由を聞かせてね」

「構わないが……別に隠すようなことじゃないから今言ってもいいぞ」

そんなだいそれた理由がある訳じゃないしな。

「ううん、それは皆と一緒に聞きたい。……行ってらっしゃいパパ」

「……ああ、行ってきます」

何かいろいろ見透かされてる気分だ。

まあ、不思議と悪い気はしないがな。

さて、それじゃあこの子達との新しい生活のためにお父さんは頑張らないとな。

俺は拘束してるチンピラの元へと向かった。


「ここがお前達のアジトか？」

俺は拘束したまま引き摺《ず》ってきた二人のチンピラの方を見る。

「そ……そうだ、な……なあアンタ、助けてくれよ。俺だって本当は嫌だったんだよ、こんなこと……これからは心を入れ替えて真っ当に生きるからさ、な？　頼むよ……」

「お、俺もだ！　こうしてちゃんとアジトに案内したろ？　死にたくねぇ！」

命乞いを始めるチンピラ達。

「俺はちゃんと警告したぞ、そのチャンスを投げ捨てたのは自分自身だろ？」

今までコイツらの犠牲になった人間にとってはこの二人がまともになろうが一切関係ないし、何より俺はコイツらが新しい生活の禍根《かこん》になると判断した。

「……早く終わらせて帰らないとニナが寂しがるし、ステラが心配するな」

俺は首のない二つの死体をその場に残して歩きだした。

裏路地にある一見普通の民家。だが家の前には明らかにカタギには見えない二人の見張り。

……隠したいのか隠したくないのか全くわからんな、これ。

俺が近くへ歩いていくと見張りの二人が目配せして一人が扉の前へ留《とど》まり、もう一人が此方へと近づいてくる。

多分、何かあったら扉の前に居る奴が中へ知らせにいくのだろう。扉と此方の距離は五メートル程か。

「何モンだお前？　カタギじゃねえみたいだが……」

お前に言われたくねーよ、ふざけんな。

「あぁ？　どっからどうみても冒険者だろうが。それよりお前達が『強欲な蜘蛛』か？」

「………」

奴はそれには答えず扉の前にいた方の男へ視線を向ける。そのまま視線を俺へと戻し
「どうやって調べ……」

「させねえよ」

扉の前に居た男が扉を開ける前に距離を詰めて首を刎ねる。驚きに目を見開いたまま宙に舞う男の首、さっきまで俺と会話していた男は既に首を失い絶命している。

なんで首ばかり狙うのかって？

早いし確実だからな。それに首を落としておけばアンデッドとして復活する可能性も潰

せる。

魔法でもいいんだが、強欲な蜘蛛側《あいて》に魔力探知系のスキルを持っている奴がいたら、魔法を使い次第、襲撃に気付かれてしまう可能性もある。魔法はできるだけ控えとこう。

なにより、出入り口がここだけとは限らないし、逃げられても面倒だ。

扉を開けると酒と煙草の匂いの中でトランプをしている男達がいた。俺に気付いた男達は口々に何か言いながらナイフや剣を構える。

「誰だテメェ！　外にいた連中はどうした！」

「殺した、こんなふうにな」

一番近くにいた男の首を刎ねた。

一見普通の家の様に見えた強欲な蜘蛛のアジトの下には、無駄に広い地下通路が広がっていた。

ボスの居る部屋を探しつつ、立ち塞がる奴を斬り、逃げる奴も隠れる奴も斬り捨てる。

途中で自称元B級冒険者がいたが、この間までC＋だったガンザスにすら及ばない腕前だった。

物凄い強者《つわもの》感をだしてたから逆に驚いた。

時折、物陰からローブに蜘蛛の巣模様の仮面を付けたアサシンスタイルの奴が襲ってきたが、ソイツらの方が自称B級より強かった。

……この組織の教育スタンスってどうなってるんだろうな。

「あ……お、お前は⁉」

「あ？」

途中、部屋から出てきた、あの時俺を同業者だと勘違いしたスキンヘッドに出くわした。

腕は魔法かポーションで治したのだろう、普通に動かしている。

「ひ……ひぃっ」

血まみれの廊下に転がる仲間の死体を見て、逃げようとするスキンヘッドを蹴って転ばせる。

「つれねえな、逃げるなよ。お前達のボスの居る部屋の場所を教えてくれ」

結局、スキンヘッドは嘘をついて、俺を罠《わな》に嵌《は》めようとしたために途中で斬り捨てた。

……一人くらい本当にハーピーに喰わせてもよかったかもしれない。後学のために。

なんとか自力でボスの部屋を見つけて中に入ると、顔に蜘蛛の巣のタトゥーを入れた目が細く、ガタイのいい男が高価そうな椅子に座って俺を見ていた。

あの仮面の模様ってコイツのタトゥーだったのかよ……。

「……本当にお前一人で乗り込んできたのか？」

「そうだ」

目の前の男は俺の返事を聞き、短く溜め息をついた。

「なるほど、報告通りか。……お前はあの小屋のガキどものなんなんだ？」

決まってるだろうが。

「あの子達のお父さんだよ。折角忠告したのに俺に刺客を向けるだけじゃなく、しつこくあの子達を狙いやがって」

男は一瞬だけ驚いた顔を見せる。

「お父さん……？　……はは、そりゃいいや。アンタ、イカレてるぜ」

「そりゃどーも。時間も余りないからさっさと終わらせるぞ。あの世で今までお前が苦しめてきた人達に土下座でもしてこい。送るぐらいはしてやる」

「……待てよ」

「ああ？」

時間ないって言ってるだろうが。

「お前、あのガキどものことちゃんと知ってるのか？　あのガキどもはなぁ……――」

B

『強欲な蜘蛛』はバストークの街でもそれなりに大きな組織だったらしい。構成員には武闘派が多く、街の衛兵達と小競り合いを繰り返し、衛兵達も苦労していたそうだ。

その強欲な蜘蛛がたった一晩で壊滅し、その時アジトに居た構成員はボスを含めて全員殺されていたらしい。首を刎ねられて。

今、街ではその噂で持ちきりなんだそうな。

すべて宿屋の親父に聞いた後日談だ。

そうなると、今までの強欲な蜘蛛の代わりに他の組織が台頭してきそうなものだが、今のところそんな気配はない。

なんでも、下手《へた》に目立って、強欲な蜘蛛を鏖殺《おうさつ》した奴に目をつけられるのを皆恐れているらしく、平和なものである。

……子供達について？

さあ？　アイツが言う前に首を刎ねたし。

知りたくない訳でも興味がない訳でもない。ただ、そんなことはこれから一緒に暮らしていけばいずれわかることだ。

俺はあの子達の家族になるつもりだが、家族間にだって秘密ぐらいあるだろ。

それを本人の同意なく探ろうとは思わないし。

それに――

あの子達の抱える事情がどんなものであれ、俺はあの子達の味方でいるつもりだ。

「おとーしゃんごはん！　おねぼうしゃん？」

「パパ、朝だよ」

ゆっさゆっさぺちぺちぺたぺたむにー
「うぅ……」

子供達が起きる前に戻ってきて、寝たふりをしようと横になったら本当に寝てしまった。

そんな俺を起こそうとするニナとステラにイタズラをされる。

「ほら二人共、グレイさん疲れてるんだからもう少し寝かせてあげよ？」

アリアメルの心遣いがしみる……。

頑張って起きよう、そう思った。

第3章
新しい生活と『戦乙女』

B-GRADE ADVENTURER
WITH A BAD GUY FACE
BECOMES A DADDY TO THE HERO
AND HIS FELLOW CHILDREN

イスカ達は長いこと風呂に入ってなかったので、なかなかに汚い。他の客の迷惑にならないよう、公衆浴場で金を多めに払い個室の風呂を用意してもらう。

心情はさておき、こういう時、やはりマナーは大事だ。服屋に行く前に体は綺麗にしとかないとな。

俺、イスカ、ラッツの三人と、アリアメル、フィオ、ニナ、ステラの四人に別れて風呂に入る。

「ラッツ、頭を洗ってやるから座れ。イスカはラッツを洗った後だ」

クク……一度やってみたかったんだよ、こうして親子で風呂に入って洗いっこするの。

素直に座るラッツに恥ずかしがるイスカ。しかしなんだかんだで洗わせてくれるイスカは良い子だ。

因みに、アリアメル達の風呂はかなり長かった。女の子だし仕方ない。アリアメルとフィオが二人して謝ってきたが……別に気にする必要はないんだが……ニナとステラのことも洗ってくれてたんだろうし。

服屋で俺を見て怯える店員に子供達の服を何着か見繕ってもらおうとすると、子供達に俺も一緒に選んでくれと言われた。

自慢じゃないが俺にファッションセンスはないぞ。可愛い服とか言われてもよくわからないし。

「おとーしゃん！　ふりふりおひめしゃまみたい！」

「ああ、うん」

フリルのついた服を着て嬉しそうに俺に見せにくるニナ。うん、可愛い。

……困ったことに何を着ても可愛いという感想しか出せない。

そんな俺の様子に、さっきまで怯えていた筈の店員が生暖かい視線を向けてくる。

くそ、なんか恥ずかしい。

新しい家に着いて中に入るとイスカ達は驚いていた。まあそうだろう、昨日まで住んでた小屋とは違うからな。

「凄い……」

「ここが私達の新しいお家……」

「パパ、探検してくるね。ニナ、ラッツ行こ」

「おとーしゃんいってくるね！」

「気を付けてな」

二階へ上がっていくステラ達。一階から探検すればいいのに……。

「個人部屋は二階だ、早い者勝ちだぞ？」

「私は……最後でいいです」

「遠慮する必要はないんだぞ。……俺達は家族なんだからな」

「ええと、そういう訳じゃ……」

歯切れの悪いアリアメル。

少し寂しいが……我儘《わがまま》を言ってくれるようになるには時間が必要だな。

結局、部屋割はフィオ、イスカ、俺、アリアメルの並びで決定した。ニナ、ステラ、ラッツはまだ小さいので寝る時は俺かアリアメルの部屋で一緒に寝ることに。

こんなこともあろうかとベッドは大きめにしておいたのだ、抜かりはない。

部屋はまだあるし、三人が自分の部屋が欲しいと言うまではこれでいいか。

あとは……この世界にも十二歳から通える学園がある。ただ、将来的に役に立つかと言われるとかなり微妙だ。

貴族の子供同士が交流を深めるのには使えるだろうが……つまりそういう場所だ。

試験では一般枠と貴族枠は分けられているそうだが、入学してしまえば同じ教室だ。

なにが心配って。

アリアメルやフィオが貴族のガキに無理矢理関係を迫《せま》られたり、イスカが嫌がらせをされたりしたら間違いなくその貴族を殺しに行ってしまう。

別に心は一切痛まないし、どんな手段をもってしてもその家は潰す。でも、わざわざその可能性があるのに学園に通わせる必要はないか……。

あと、貴族は横の繋がりがあるから一つの家と敵対すると芋づる式に敵が増える。

そうなれば流石《さすが》に他国へ亡命するしかなくなるな。

そこまでのことを踏まえても俺は殺《や》る、間違いなく。

そういえばイスカ達には将来の夢とかあるんだろうか？　あるなら当然応援するが……

それもいつか教えてくれるだろう。

その日の夜、俺の部屋には何故かニナ、ステラ、ラッツだけではなくイスカ、フィオ、そしてアリアメルが集合していた。

なんでも、今までずっと皆で寝ていたから、一人だと逆に寝れないらしい。しかしいくら大きなベッドとはいえ、全員で寝るのは厳しい。

なので、結局部屋の床で寝ることにした。

……これじゃあんまり小屋の時と変わってないな。

おやすみ、皆。

新しい家でイスカ達と暮らし始めて一ヶ月近くがたった。その間に子供達のことをいろいろと知ることができた。

イスカは朝が弱く、毎朝フィオに起こしてもらっている。

フィオはしっかりしてて可愛いものが好き。

ニナは毎日お昼寝をしてたくさん食べる。

ステラは甘いものが好きで辛いものが苦手。

ラッツは全く喋らないが、よく野良猫や近所の犬と目で会話している（ように見える）。

アリアメルは文字の読み書きができる（この世界の子供としては珍しい）。

まだお互いよく知らない部分も多いが、これからゆっくり時間をかけて知っていけばいい。

俺は今まで、宿には寝たり、依頼の準備のためだけに帰っていたような感じだったが、今は子供達と過ごす時間が欲しいため、依頼を受けていない時は基本、家に居るようにしてる。

依頼も日帰り可能なものしか受けない。

収入は減るが少なくともこの生活が安定するまではそれでいこうと思っている。

家を買ったから宿から出ると伝えると、宿屋の親父とリナはかなり驚いていた。

「女かっ！　女と住むのか?!　っかーー羨ましいなおい！」

相変わらずの下世話さ。

「リナ」

「うん任せて！」

「クソ！　流れるように！」

こんなにも学習能力がない生き物は珍しい。

床に正座させられている宿屋の親父と説教をするリナを眺める。

こんなやり取りをしているが、俺はこの親子が結構好きだ。親子仲も良く、こうして俺と普通に接してくれる。

「お前みたいなのでも居なくなるのは寂しいモンだな。……ま、何かあったらまたいつでも帰ってこい、お前がずっと使ってた角部屋は空けといてやるよ」

「うん、うちは食事だけもやってるから今度食べに来てよ」

そう言うと親父とリナは寂しそうに笑った。

「あー……まあ、そうだな」

二人の顔を見ると茶化すことも憎まれ口を叩くこともできなかった。

……今度、イスカ達を連れて食事をしに来るか。

冒険者ギルドで依頼の達成報告をしながら、今日は子供達に何かお土産を買って帰ろうかなと考えていると、サシャに怪訝《けげん》な顔をされる。

「最近なんだかずっとソワソワしてますね。ガンザスさんのことも完全に無視してますし」

ん？　ガンザスを無視？　そういえば最近絡んでこないなと思っていたが。

「……まさか本気で気付いてなかったんですか？」

「アイツ最近絡んできてたか？」

「ええ、毎日」

……。

「心当たりが全くない」

「そんな真顔で……今も後ろに居ますよ」

ホラーかよ。

その後しつこく絡んでくるガンザスを放置して、お土産にお菓子を買い帰宅。

ガンザスの相手に時間を割くぐらいなら、一刻も早く帰ってニナ達に本を読んであげたい。

夕暮れのバストークを歩く。

片付けを始める屋台。

手を繋ぎ楽しそうに歩く親子。

道端で欠伸《あくび》をする猫。
灯《つ》りが点くか点かないか、カラスが鳴き、少しだけ寂しく感じるそんな時間。
友人達と別れて、誰も居ない自分の家に帰り〝ただいま〟と口にする。
何の意味もない行為だとわかっていても止《や》められない。誰も居ない家から出掛けるのに
〝行ってきます〟と言った。
……なんで前世なんて思い出したのやら。

家の前でニナとラッツが野良猫を撫でていた。

「ニナ、ラッツ、ただいま。お土産あるぞ」

「おとーしゃんおかえり！」

二人共俺を見るとかけ寄ってくる。

イスカやフィオは俺に一方的に世話になることを心苦しく感じているようだが……。

こうして帰れば家族が待ってくれている、そんな細《ささ》やかな幸せをくれる。

それで充分なんだがな。

家に帰るのが楽しみに感じる日が来るなんて思ってもみなかった。

ニナとラッツを抱き上げて扉の前まで行くと勝手に扉が開く。

「二人ともそろそろお家に入ら……あ、グレイさんおかえりなさい！」

アリアメルが出てきて嬉しそうに笑う。

「荷物持ちます。夜ごはんできてますからすぐ食べますか？　あ、先にお風呂ですか？

ほらニナ、ラッツ、グレイさんも、取り敢えず手を洗ってきてください」

「あ、ああ……ただいま。手を洗ってからごはんにしよう、皆腹減ってるだろ」

腰まである長い髪を後ろでまとめ、エプロンを着けたアリアメル。

アリアメルはお姉ちゃんだと思っていたが勘違いだった。

これは……お母さんだ。

「あの……グレイさん、お土産はいいんですがこれで一週間連続です。ステラちゃんがお菓子食べたさに夜ごはんを少なくしようとするんです。健康にもよくないし、お土産はたまにで」

「……はい」

買ってきたお菓子を見たアリアメルに怒られた。

子供達の喜ぶ顔が見たくてつい……確かに一週間連続はやりすぎたか。

夜になり、ニナ達にベッドの上で本を読んであげる。最後まで目を擦《こす》りながら聞いてたニナの頭を撫でると、俺の指を握って寝息をたてはじめた。

本を閉じて枕元に置き、布団をかけなおしてからイスカとフィオのことを考える。

今日の夕食中に、二人が俺に冒険者になりたいから剣の扱いと魔法を教えてほしいと言ってきた。それを聞いたアリアメルは驚いた顔をして二人を見ていた。

彼女もそのことを知らなかったらしい。ならイスカとフィオの二人で決めたことなのだろう。

俺もこんな仕事をしている以上、いつ何があるかわからない。なら、残された子供達が自分達で生きていくことができるよう、力をつけさせることは悪くないことなのだろう。

まあ俺は死ぬ気は一切ないが。

この子達に家族を喪《うしな》う悲しみを二度も味わわせる訳にはいかないからな。

しかし冒険者になりたい……か。俺が冒険者になろうと決心したのも、丁度イスカ達と同じぐらいの年齢の頃だったたか。

正直、二人に稽古をつけるのは俺としては構わないのだが……二人が心配なのだろう、アリアメルはかなり嫌そうなんだよな。

イスカ達には申し訳ないがこの話は一旦保留にしよう。教えるにしても中途半端にはしたくないし、かといってアリアメルを説得もできない。

難しいな……貴族と喧嘩する方が楽かもしれん。

「パパ……」

「あ、すまん起こし……」

「……そんなことしたら……はげちゃう」

………。

ステラの寝言……一体、夢の中で俺は何をしてるんだ……？

次の日、皆何事もなかったように朝食を食べていた。……ステラがやたら俺の頭を見てる気もするが気のせいだろう。

気にしすぎだったんだろうか？　アリアメルの方を見ると、足に抱き付くニナに笑顔を向けながら片付けをしている。

「あ、そうだグレイさん」

俺と目が合ったアリアメルが近寄ってきて、小さな包みを渡してくる。

「これは？」

「今日はお弁当を用意してみました。いつもお昼は食べてないみたいなので、ご迷惑じゃなければ……あ、いらなければ残しても」

「いや、たまには昼飯も食おうと思っていたところだ。有り難くいただく」

これを断れる奴がいるなら是非顔を見てみたいものだ。

刎《は》ねるから。

「……あの、イスカ君とフィオちゃんのこと」

「本当に冒険者になるかどうかは兎《と》も角《かく》、二人に夢があるなら俺としては協力してやりたい。……ただ、お前が心配してるのもわかるから二人と直接話し合ってみたらどうだ？」

「そう……ですね。……行ってらっしゃいグレイさん。無事に帰ってきてくださいね」

そう言って優しく微笑むアリアメル。

「ああ、行ってくる」


冒険者ギルドに着き中へと入ると、いつも通りの喧騒に包まれる。ただ、普段とはどこか違う空気……なんというか皆ソワソワしているというか。特に野郎共。

そしてギルド職員も慌ただしく走り回っている。……何かあったのか？

「今日は何かあるのか？　やたら忙しそうだが」

サシャを見つけて声をかける。

「ああ、グレイさんおはようございます。今日は遠征にでてた『戦乙女』の人達が長いこと未攻略だったダンジョン『花の庭園《ガーデン》』の攻略を終えて帰ってくる日です。……何日か前からギルド内に貼り紙がしてありますよ？」

「ああ……」

全く気づかなかった。イスカ達と暮らし始めてからちょっと緩《ゆる》んでるな。

「なので、今日の受付は他の所へ並んでください。……首は提出しないように、メリンダにも泣いて頼まれましたから」

「わかった……」

ダンジョン攻略か、ここ何年か行ってないな。……行ってみたいダンジョンは流石にソロだと厳しい所ばかりだしな。

取り敢えず依頼を探すか。

この世界の魔物には低い確率で特殊な個体が生まれる。ユニーク、特殊、亜種、呼び方はなんでもいい。ただ奴らは何かしらの特性を持って生まれる。どんな能力かは戦ってみないとわからないが、じつは自分では気づかないことも多い。

例えば完全魔法耐性のゴブリンがいたとする。どんな魔法でも殺すことはできないがそれをのぞけばただのゴブリンだ。つまり斬ったり殴ったりすれば死ぬ。下手をすれば転んで打ち所が悪くても死ぬ。

剣や弓の扱いに長けていたとしても、武器が棍棒《こんぼう》しかなければ新人冒険者に討伐される。

どんなに厄介な能力も、持っていることを知らなければ役には立たない。

逆に言えば、自身の能力を自覚し、利用できる知能があればかなり厄介なことになる。

昨日、俺が殺した魔物にもそういう特殊個体がいた可能性はある。途中でやたら素早いゴブリンがいたんだよな。

……あれは魔物に与えられた、人間でいうところのスキルや祝福《ギフト》なんじゃないかと俺は思っている。

こんなこと教会に聞かれたら五月蝿《うるさ》いだろうがな。

神様とやらが人間だからとか魔物だからとか、そんな細かいこと気にしてるとも思えないが。

人間に勇者や聖女、スキル持ちがいるようにアイツらにもそういった存在がいるのだろう。

B

「ごちそうさま」

食べ終わった弁当の蓋《ふた》を閉じて手を合わせる。アリアメルの作ってくれたお昼の弁当はかなり美味しかった。たまには草の上に座って食べるごはんもいいものだな、今度子供達とピクニックに行こうかな。

アリアメルは家事全般ができて読み書きもできる……か、顔も整ってるし……世間にでたらモテるだろうな、将来彼氏とか連れて来たらどうしよう。

我慢する練習とかしといた方がいいかもしれない……。

暖かい日差しの中、立ち上がり、伸びをしてから街へと帰った。


街へと戻り冒険者ギルドへ入ると、朝と違っていつも通りの喧騒に包まれていた。サシャの姿は見えないので休憩中なのかもしれない。

嫌がられるだろうと思いつつ、メリンダの列へと並ぶと案の定、嫌そうな顔をされた。

俺の順番がまわってきたのでカウンターにちゃんと討伐部位を出すと、物凄く安心された。別に普段から首を提出してるわけじゃないんだぞ……。

「『戦乙女』はもう帰ってきてるのか？」

「はい、今は上で先輩やギルマスと何か話してるみたいですよ～。あ、グレイさんも気になります？　『戦乙女』の人達って美人揃いですからねぇ」

「そういうわけじゃない」

ギルマスって略すなよ、一応、お前達の上司だろうが。

「またまた～」

なんだこのウザさは。

家のことを聞こうと思っていたのだが違う日にしとくか、疲れてるだろうし。

ウザいし（二回目）

「あれ、待たないんですか？　もう下りてくると思いますよ」

「別にいい」

俺は報酬を受け取り、冒険者ギルドを後にした。帰ってきたばかりだからまたすぐ遠征とかはないだろう。なら別の日に冒険者ギルドで聞けばいい。

なんて、この時は考えていたんだが……。

家に帰り、アリアメルに「弁当美味しかったありがとう」と伝えると、嬉しそうに
「良かったです、また明日も準備しますね」

と言っていた。お礼はちゃんと口でも伝えないとな。

その日の夜、皆で夕食を食べて風呂へ入り、寝るまでの間イスカ達とトランプで遊んでると家の扉がノックされた。

誰だこんな時間に……。

「おい、今何時だ……と」

俺が扉を開けて外を確認すると二人の女が立っていた。一人は長いストレートの金髪に碧眼《へきがん》の剣士、もう一人はウェーブのかかったシルバーブロンドに翡翠《ひすい》色の瞳のヒーラー。

パーティ『戦乙女』のリーダーのエミリアとサブリーダーのカーシャ、俺の元パーティメンバーの二人。

一体何しに……と思っていると、エミリアが口を開いた。

「久しぶりだなグレイ。いろいろ言いたいことはあるが……まずは……メリンダに聞いたぞ。お前、我々がギルドの二階で報告をしていた時に一階に居たらしいな……いささか冷たいのではないか？　もう少しで下りてくると聞いてもそのまま帰るなんて」

メリンダの奴、余計なことを！

「まあまあ、取り敢えずこんな所で話してたら目立っちゃうから家に入れてくれる？」

カーシャがそう言ったタイミングで後ろから声をかけられる。

「グレイさん、お客さんですか？　お茶入れましょうか？」

アリアメルが気を利かせて中から出てきた。

「んん？」

「あら……」

「え……と」

なんだこの空気は？

取り敢えずエミリアとカーシャを家に上げてリビングへと案内する。そこには当然、イスカやニナ達が居るわけで。

さっきからエミリア達は時折二人でヒソヒソと何かを話し合っている。

「あ……えと、グレイさんのお知り合いですか？」

イスカが不思議そうな顔で尋ねてくる。

「ああ、この二人は昔のパーティメンバーだ」

「……」

エミリア達の方を向くと二人共なんともいえない表情をしていた。

リビングのソファにエミリアとカーシャと向かい合う形で座る。

「……ぅぅー」

「……むー」

俺の左右にニナとステラが座り、ガッチリホールドしてくる。二人共、エミリアとカーシャを警戒している感じだ。

……どうしたんだろうか。

対してエミリア達は、ちょっと居心地の悪そうな顔をしている。

「ニナもステラちゃんもグレイさんが取られないか心配なんですよ」

その時、お茶を持ってアリアメルがリビングに入ってきた。

「どうぞ。グレイさんも」

持ってきたお茶をエミリア達と俺の前に置く。

「あ……ああ、すまない」

「あら、ありがと」

「ありがとうアリアメル、だが取られるって……」

アリアメルがニナの隣に座る。

「ほらニナ、ステラちゃん。グレイさん達は大事なお話があるから……」

「や……」

「……（ぷい）」

ニナ達は抱き付く腕により一層力を込める。

「あーー、さらに聞きたいことが増えたんだが……その子供達は一体……」

「俺の子供だが」

「あら……」

「……は？」

空気が凍る。

「……れだ」

「あ？　よく聞こえないぞ」

「相手は誰だ？」

相手？　なんの相手だ？

「おとーしゃんはニナのおとーしゃん……」

頭をぐりぐり押し付けてくるニナ、これは鼻水がつくパターン……。

「止《や》めなさいエミー、子供達が怖がっているでしょう」

「だが！」

「落ち着きなさい、そもそも年齢がおかしいでしょう。えと、アリアメルちゃん……だっけ、貴女《あなた》年齢は？」

「あ、えと……十三歳です」

そういえばアリアメル、イスカ、フィオの三人は俺が思っていたより少しだけ年齢が上だった。あの時は栄養が足りなくて痩せていたから実年齢より幼く見えたのかもしれない。

「十三歳……それだと私達がパーティを解散した時、既にグレイには子供がいたことになるでしょ？　あの時グレイと付き合っていたのは……」

「おい止《や》めろ。よせ、それ以上言うな」

思わず早口で止めてしまう。勘弁してくれ……。

「あら、ごめんなさい」

そう言いながらも楽しそうに笑うカーシャ。

……コイツのこういうところが苦手なんだよな。

「……ね、ところで気になってたんだけど……そっちの子はヴァンパイアよね、ハーフかクォーター？」

その言葉にステラがビクリと反応する。

「大丈夫だステラ……この二人はステラをイジめたりしないから」

「……………わかった」

その後、今までの経緯をエミリア達に説明した。この子達との出会いや一緒に暮らすことになったこと、サシャにこの家へ案内してもらい購入したこと。

俺の話を聞いた二人は呆れたように溜め息をついた。

「そういうところは相変わらずだな」

「そうね、グレイってば昔から見た目や態度はチンピラなのに、困ってる人や弱ってる人を見つけるとすぐ手を差しのべちゃうのよね」

人が気にしてることをずけずけと。

……あ、そうだ。

「そういえばこの家の購入代金なんだが……何故俺がこの家を買うとわかったんだ？　しかも半分も持ってくれる理由は？　いや、正直物凄く有り難いんだが」

やはり理由は気になる。

「ん？　この家だけではないぞ」

は？

「どういう意味だ？」

「この街にあるパーティハウスについてはすべて半額持つ、とギルドに言ってある」

「意味不明なんだが」

「パーティハウスを購入するということは、新しくパーティを組むからだろう？　ならば、私やカーシャがそのメンバーを見定《みさだ》めてやる必要があるだろ？　お前は私達が再びパーティを組もうと言っても、頑《かたく》なに首を縦に振らなかったのだ。そんなお前がパーティを組むのは一体どんな人間なのか……気になるだろ。もし、お前が騙《だま》されていたら……」

真剣な顔のエミリア。

説明を聞いても全く理解できないんだが……俺をそこらの世間知らずな新米冒険者と一緒にするなよ。

「だが、そうして見に来てみれば子供が五……いや六人も……」

「そうね、流石にびっくりしちゃったわ」

「まあそれは……ん？」

そうだろうが。と、続けようとしたらニナ達が眠そうに目を擦っていた。

「ほら二人共、眠いんだったらベッドへ行こ？」

アリアメルが立ち上がりニナとステラに声をかける。

「うー……おとーしゃんいなくなる……」

「ニナ、ステラ大丈夫だ。話が終わったらすぐ俺も行く。いなくなったりしないから先に行っておいで」

アリアメルが二人と手を繋いでリビングから出て行った。ずっと所在《しょざい》なげに横で話をきいていたイスカ達と一緒に。

「よくできたお姉ちゃんだろ？」

「……あれは子供というか」

「完全に……ねえ？」

何が言いたいんだ一体。

「取り敢えず、今日のところは夜分で遅いし帰る……また来る」

来るのか……。

「ええ、遅くまでごめんなさい」

「わかった、送っていこう」

そう言って出かける準備をしようと立ち上がると

「必要ない、私達を誰だと思っている。街の暴漢《ぼうかん》なんぞに後れをとったりしない」

「そういうところも変わらないのね、なんだか安心するわ。……それに」

「一ヶ月程前にこの街の犯罪組織が一つ潰されたらしいからな……しかも全員首を落とされて。それから大分治安が良くなってるみたいだからな、なおのこと心配は無用だ」

二人が同時に俺の顔を見る。

「……そういえばそんなこともあったな」

俺は目をそらしながらそう言った。

玄関の前まで二人を見送りに行くと、ニナ達を寝かしつけたアリアメルが出てきた。

「あ、お帰りですか？」

「ああ、遅くにすまなかったな、アリアメル」

「いいえ、グレイさんのお友達ならいつでも歓迎です」

「……………お友達」

「えと、何か間違ってましたか……？」

「はいはーい、さっさと帰りましょぉエミー。あ、また二人でお邪魔するわね？　今度は皆でごはんでも食べましょ」

「あ、ああ。また来い。まだ話も終わってないだろうし」

ずっと固まって動かないエミリアをカーシャが引き摺《ず》っていった。

「一体なんだったんだろうな」

「ふふ、お二人ともグレイさんを心配して来てくれたんですよ」

「そうか………もう寝るか」

「はい、お茶を片付けたら私も寝ます」

「手伝う」

流石に俺の客だったし……全部やってもらうのは気が引ける。

「……はい、ありがとうございます、グレイさん」

アリアメルは少しだけ嬉しそうに笑いながら、そう言った。

B

「それじゃ行ってくる。良い子にしてるんだぞ」

玄関まで見送りにきてくれたニナとステラの頭を撫《な》でる。

「おとーしゃんいってらっしゃい！」

「パパ気をつけてね」

「あ、忘れものです！」

家の中から弁当の包みを持ったアリアメルがぱたぱたと走ってくる。

「ああ、すまん。ありがとう」

「いえ、気をつけて行ってきてください」

「ああ。イスカ、フィオ、程々にな」

俺はすぐそこで手作りの木剣を振る二人に声をかける。

「はい、行ってらっしゃいグレイさん」

「今度魔法を教えてくださいね」

「……その前に二人は文字を読めるようになれ。剣も魔法もその後だ」

「「う……」」

しょんぼりする二人。だが文字ならアリアメルも教えられるし、三人で話し合うきっかけにもなるだろう。

「ラッツも、行ってくる、その猫にもよろしく言っておいてくれ」

日向《ひなた》ぼっこをする野良猫の前に屈《かが》みこんでいるラッツに声をかけると、此方《こちら》を向いてコクリと頷《うなず》いた。

こうして子供達に見送られながら出かけるのって凄く贅沢《ぜいたく》だ。どんな豪華な料理や、たくさんの宝石よりも俺にとっては価値がある……この生活を守るためならなんでもできる気がする。

これがお父さん力《パワー》か……！

B

冒険者ギルドへ着き扉を開ける。

「グレイ」

いつものように依頼を見に行こうとするとエミリアに声をかけられた。

「おはよう、昨晩はすまなかったな」

「いいさ、お前達は心配してくれてたんだろうし」

そう言ってエミリアの後ろを見ると、カーシャが手を振っている。

他の『戦乙女』のメンバーも俺を見て手を振ったり目をそらしたりと、さまざまな反応をしている。

因《ちな》みに『戦乙女』は、俺達のパーティが解散した後にエミリアとカーシャが立ち上げたパーティで、昔から居るメンバーは兎《と》も角《かく》、最近加入したばかりの奴はよく知らない。

あまり俺が快く思われていない……というか怖がられているのはわかってる。目も合わせてくれないメンバーもいるし。

「グレイおひさし、ぶい」

「ん？　ああ」

そんな中、話しかけてくるのは『戦乙女』の初期メンバーの一人、エルフのハルサリア。常に眠そうな目をしていて一言で言えば変な奴だが、何故か俺のことを全く怖がらない（重要）。

「それよりリーダー早く行こ。……って皆言ってる」

「あ、ああ。そうだな」

「昨日帰ってきたばかりでもう依頼か？」

「いや、今日はこの街の領主に呼ばれていてな。『花の庭園《ガーデン》』についていろいろ聞きたいことがあるそうだ。……何故メンバーを全員呼んだのかはわからんが」

「なるほど……」

しかし、今まで未攻略だったダンジョンの話か……正直、俺も興味がある。

「ん？　もしかしてお前も気になるのか？」

「まあな」

ダンジョンはロマンだ。

「そ、そうか！　なら今度久しぶりにしょ……しょ……しょく」

「リーダー、いい加減にしないとカーシャに怒られる」

「あ……はい……グレイ、また……な」

「ばーいグレイ」

「お、おう」

ハルサリアに引っ張られるエミリア。昨日からずっとこんなんだな、これがSランクに最も近いパーティのリーダー……。

……依頼受けるか。

「グレイさんて『戦乙女』の人達と仲良いんですか？」

「あ？　なんだいきなり……」

今日もサシャがいなかったので仕方なくメリンダのカウンターへ依頼書を持っていくと、よくわからないことを聞かれる。

「いや、昨日も二階から下りてきたエミリアさん達にグレイさんのことを聞かれました し。さっきも何か話してましたよね？」

……普通、そういうプライベートなことは聞いてこないものだぞ。サシャなら絶対聞いてこない。

「エミリアやカーシャとは昔馴染みだからな」

「へえー」

元パーティメンバーとか言うと、コイツは絶対根掘り葉掘り質問してきそうだ。

「もういいか？　じゃあな」

メリンダはまだ何か聞きたそうだったが、後ろに並んでた奴の対応があるため諦めたようだ。

まあ、昔組んでたパーティを解散した理由なんてたいしたことではないが、進んで人に言いたい訳でもないからな。

エミリア達とのやり取りの様子からわかると思うが、俺達は別に不仲でパーティを解散した訳ではない。

理由は……まあ、一言で言えば方向性の違いだ。当時の俺は冒険者として経験を積み、ランクが上がれば英雄になれると信じていた。

俺が冒険者を目指した理由はガキの頃、魔物に襲われていた時に冒険者に助けてもらった。ただそれだけだ。

じつにありきたりでつまらない理由だが、俺はあの時……いや、正直言えば今も、あの時俺を守るため、魔物の前に立ち塞がったあの冒険者の背中に憧れている。

昔俺が所属していたパーティ『一振りの剣』。

メンバーはリーダーで槍術師のアドラス、剣士のエミリア、ヒーラーのカーシャ、射手《アーチャー》のロイ、魔法使いのフロイメール、そして魔法剣士の俺の六人で構成されていた。

全員揃って田舎者で、冒険者を夢見て大きな街に出てきて俺達は出会った。

因みにこの世界の職業って結構適当だ。貴方の職業は◯◯です。……なんて誰かが判定してくれたりする訳じゃないし。

当時俺達は別の国で活動していて、そこそこ有望株な中堅パーティだった。

このまま順調にいけば……そう思っていた。

だが、ランクが上がればいろいろと面倒な柵《しがらみ》も増える。今日、エミリア達『戦乙女』がこの街の領主に呼ばれたのもそれだろう。

次期Sランク冒険者とのコネ作りか。

普通に考えれば互いに益のあることなのだろう。エミリアやカーシャがどう思うかはわからないが。

……いや、エミリアなら怒るな、間違いなく。

出会った時からエミリアは変に真面目な奴だったからな。よく暴走してはカーシャに止められていた。いいコンビなんだよあの二人。

まあバストークの領主については特に悪い噂は聞かないからもしかしたら、本当に『花の庭園《ガーデン》』について聞きたいことがあったのかもしれない。

俺も気になるし、今度子供達やカーシャと食事でもしながら教えてもらおうかな。

……いや、でもイスカとフィオは喜ぶだろうが、アリアメルは複雑かもしれない。

イスカ達は何故冒険者になりたいと言い出したんだろうか？　もし、もしその原因が俺だとしたら……。

お父さんは泣く自信がある。

𝕭

アリアメルの作ってくれた弁当を食べ終わり、座ったまま空を見上げる。草の上に寝転んだりしたいが汚れるかもしれないからな。今は家事の殆《ほとん》どをアリアメルがイスカ達に手伝ってもらいながらやってくれてるし、余り手間を増やすのもな。

……体鈍ってるよな。最近、街の近くでこなせる簡単な依頼ばかり受けてるし。そして体重も確実に増えている。毎日朝、昼、晩と美味しいごはんを食べてりゃそりゃ増えるよな。

……これが幸せ太りというやつか。

立ち上がりせめて冒険者ギルドまで走ろうかとも思ったが無駄なのでやめた。

……今日の夜ごはんは何かな？

冒険者ギルドに入ると、エミリア達『戦乙女』は既に戻ってきているようだった。早かったな、てっきり夕食ぐらい誘われていると思ったが。

エミリアと目が合うと此方に歩いてくる。その雰囲気はどこかおかしい。余裕がないというか……。

「戻ってきたかグレイ。今日はどんな依頼を受けてたんだ？」

「常駐依頼だよ、街の近くの魔物退治だ。今はさっさと終わらせて日が暮れる前に家帰りたいし、簡単なものしか受けてない」

「あの子達のためか？」

「俺自身のためでもある。エミリアこそ随分《ずいぶん》早かったな、夕食には誘われなかったのか？」

「ああ、誘われたが断った」

……この街の領主って伯爵じゃなかったか？　貴族の誘いを断ったのか。

「……それと、今日呼ばれたのは別に『花の庭園《ガーデン》』についての話がメインではなかった」

だろうな。

「じゃあなんだったんだ？」

そう質問すると、エミリアは真剣な顔になる。

「他国で神託により勇者が選ばれたそうだ。我々『戦乙女』をそのパーティメンバーとして派遣したいと言われた」

勇者だと？　魔王もいないのにか？

「なんでわざわざ他国のA＋パーティにその話がくるんだよ？」

「……我々が女性ばかりのパーティだからだろう。勇者は男らしいからな、つまりそういうことだ。ランクも高く不自然さも少ない。うってつけだったんだろう……ふざけている」

「その様子だと受けるつもりもないんだろ？」

「当たり前だ！　こんなものただの人身御供《ひとみごくう》ではないか、冗談ではない！」

「エミー落ち着きなさい。ちょっと声が大きいわ」

そう言ってカーシャが話しかけてくる。

「引き留めてごめんなさいグレイ。……できれば今の話は聞かなかったことにしてちょうだい。行くわよエミー」

「……ああ、すまないグレイ。またな」

「ああ」

エミリアとカーシャが離れていくのを見守る。

高ランクパーティが国からの要請を断る……か。面倒なことにならなきゃいいがな。

他国で勇者が出たということはイスカは勇者じゃないのか。……まあ主人公＝勇者とは限らないか。

正直、ちょっと安心した。イスカが勇者に選ばれて国のため、世界のために戦えとか言われたら俺が国と戦わなきゃならなかったからな。

こういう時はゲーム知識があればうまく立ち回れるのかね？

……今日の夜ごはん何かな（二回目）

𝕭

家に着き扉を開けて中に入るとニナ、ステラ、ラッツが飛びついてきた。

「おとーしゃんおかえり！」

「パパおかえり」

「ただいま。いい子にしてたか？」

これだけで一日分の疲れも吹き飛ぶというもの。

「おかえりなさいグレイさん、荷物持ちますね。……今日は三人がグレイさんに見せたいものがあるんですよ。ね、ニナ、ラッツ、ステラちゃん？」

そう言って三人を見るアリアメル。ニナとステラ、ラッツはもじもじした後、一度リビングまで走っていき、手に何か持って戻ってきた。

「あのねおとーしゃん……えとね、これ」

「パパ、はいこれ」

そう言って二人が差し出してきたのは俺の似顔絵だった。線はぐちゃぐちゃ、何度も無理矢理修正しようとしてもはや何を描いてるかわからない。下の方にはアリアメルに教えてもらったのだろう、歪んだ文字で〝おとうさん〟と〝ぱぱ〟と書かれている。

…………………………え。

なんだこれは？　天使からのプレゼントか？

取り敢えず耐水、耐火、耐衝撃の防護魔法のかかっている額縁買ってくるか。

「……グ、グレイさん大丈夫ですか……？」

「あ？　な、な、何いい言ってんだ。ぜぜぜ……全然大丈夫にきき……決まってるだろ。俺、俺はB……B級冒険者だぞ、余裕だ（意味不明）」

ここ……こんなことで俺をど……動揺させようだなんて甘い……んだよ。

「おとーしゃん……？」

「パパ……嬉しくない？」

不安そうな顔の二人。

あわあわわわ……どどうしよう、どうすれば?!

「い……いや、凄く……嬉しい。ありがとう」

思わず二人を抱き締める。

なんとか……なんとか泣かずに済んだ……。

しかしこの後、ラッツが遅れて猫と犬と俺の描かれた絵を恥ずかしそうに出してきて、
結局駄目だった。

ニナ、ステラ、ラッツの三人が抱き返してくれる。

「グレイさん……これどうぞ」

イスカがハンカチを持ってきてくれて助かった……。なんとか持ち直したタイミングで
フィオとアリアメルが呼びにくる。

「ごはんできてますよ、皆で食べましょう？」

「みんな手を洗っておいで、グレイさんもほら！」

この子達に穏やかで幸せな人生を……いや、俺がこの子達を幸せにする。絶対にだ。

素敵なお父さんになろう。

俺は改めてそう誓った。

皆での夕食中に、ふとエミリア達に聞いた勇者の話を思いだした。原作で主人公であるイスカと勇者には何か関わり合いがあったのだろうか？

「……？　どうしました、おれの顔に何かついてます？」

「いや……なんでもない」

いかんな、自分でも気づかないうちにイスカの方を見ていたか。

今はこうして一緒に食事をしている時間を楽しもう。そうして俺は、小さな疑問を頭の隅に置いておいた。

閑話 ブライトファンタジーI

燃え盛る聖堂の中に二人の人間がいた。

一人は黒髪の青年。憎しみと絶望と復讐に染まった瞳。その手には赤く染まった剣が握られている。

もう一人は金髪の青年。その瞳はただひたすらに空虚《くうきょ》で何も映《うつ》ってはいなかった。

胸から血を流し倒れる金髪の青年を黒髪の青年が見下ろしている。

「……質問がある」

黒髪の青年が口を開く。

「四年前に◯◯◯……◯◯◯◯◯という少女を殺したのはお前か？」

その言葉に金髪の青年の瞳が僅かに揺れる。

「……何故、そのようなこ「いいから答えろ」」

金髪の青年の言葉を黒髪の青年が遮る。

「……てない……」

「……」

「僕は……殺してない」

「そうか」

その言葉を聞くと黒髪の青年は剣に付着した血を払って鞘《さや》に収め、倒れている金髪の青年に背を向けて歩き始める。

残された金髪の青年は崩れてくる天井を見つめながら、先程質問された四年前のことを思いだしていた。

聖女として紹介された、ボロボロの服を着てガリガリに痩せた少女。髪は所々抜けおち、顔も体も痣《あざ》だらけで……さっきの青年のような黒く濁った瞳をしていた。

何か不愉快なことを話しながらヘラヘラと愛想笑いをする貴族や神官。

突然少女が叫ぶ。

「あは……あははははははははははははははは！　死ね！　皆死ね！　呪われろ！　苦しんで苦しんで苦しんで苦しんで死んじゃえばいいんだ！」

少女はそう呪詛《じゅそ》の言葉を吐き、隣で呆気にとられた兵士の腰の剣を奪《うば》い自らの胸に……。

（止められなかった。止める権利なんか僕にはなかった。僕は……僕は勇者になんてなりたくなかった。

ただ、皆と静かに暮らせればそれで良かったのに）

金髪の青年の瞳には自分へと向かって落ちてくる瓦礫《がれき》が映っていた。

第4章

聖女と勇者

B-GRADE ADVENTURER
WITH A BAD GUY FACE
BECOMES A DADDY TO THE HERO
AND HIS FELLOW CHILDREN

薄暗くした部屋の中、ベッドの上で子供達の寝息を聞きながら天井を見る。

エミリア達のこと、勇者のこと、子供達の将来のこと。いろいろ気になることもあるが俺のやるべきことは変わらない。

そう、取り敢えず。

明日は額縁を買いに行こう。うん。

朝起きて子供達の寝顔を眺めてると廊下をぱたぱた歩く音が聞こえる。アリアメルも起きたのか。

子供達を起こさないように静かに部屋から出て一階へ下りると、エプロンを着けてるアリアメルと目が合った。

「あ、ごめんなさい起こしてしまいましたか？　これから朝ごはんの準備をしますからまだ寝てても……」

「いや、いつもアリアメルに任せっぱなしだから今日くらいは手伝わせてくれ」

「そうですか……ふふ、それじゃあお言葉に甘えて」

こういう時下手《へた》に断らないアリアメルは流石である、気遣い上手だ。

二人並んで朝食を作る。メニューはパン、目玉焼きにウインナー、サラダにスープ。ちょっと多いかなとも思うが、子供達は育ち盛りだし大丈夫だろう。

「〜♪」

鼻唄まじりの上機嫌なアリアメル。

でき上がった料理を並べてるとフィオが二階から慌てた様子で下りてくる。

「わ、わ！　ごめんアリア姉寝坊しちゃった！　……ってグレイさん？」

「おはよフィオちゃん、夜更かししちゃった？　寝癖ついてるよ」

「おはようフィオ。丁度良かった、皆を起こしてきてくれるか？」

「えう……すぐに起こしてきます……」

とぼとぼと二階へ上がるフィオをアリアメルは優しい目で見ていた。

直後に二階の方でどたばたとフィオがイスカを起こす音が聞こえた。そしてそれを目覚まし代わりにニナ、ステラ、ラッツが下りてくる。三人共まだ眠そうだな。

「おはよう、ほら三人共顔洗ってこい」

「……ぅー」

「パパ……わたしまだねれる……」

駄目だなこれ、ラッツも立ったまま船を漕《こ》いでる。

「ちょっと三人の顔を洗ってくる」

「はい、その間に準備を済ませときます」

俺、タオルを三枚持って戦場へ……！

「……」

「ふ……ふふ……ご、ごめんなさい。大変だったんですね……ふふ」

ああ、大変だった。ニナは顔に水をつけるのを怖がり、ステラは桶に入れた水を飲み、ラッツは桶に顔を突っ込んだまま動かなくなる。

お陰で朝からボロボロになった。そんな俺の姿がツボにでも入ったのか、アリアメルはさっきからずっと笑っている。

こんなに笑っているアリアメルを見るのは初めてだ。

大変だったが……アリアメルのこんなに楽しそうな姿が見られたんだから報酬としては充分だな。

「ああ、そうだ。アリアメル、今日はお昼の弁当は用意しなくていいぞ」

朝食を食べながらアリアメルに話しかける。

「え、そう……なんですか？」

何故か微妙に残念そうなアリアメル。

「ああ、今日は依頼を受けるつもりはないからな。昼は皆で食べにいかないか？」

「おとーしゃんほんと?!」

俺の言葉にニナが反応する。

「ああ」

今日は額縁を買いに行って、この子達を宿屋の親子に紹介しよう。

「パパ……私も行っていいの？」

「ん？　当たり前だろう、家族で出掛けるんだから」

まあ、ステラが何を心配してるかはわかる。自分のせいで俺達まで変な目で見られるんじゃないかと思っているのだろう。

ステラはこの家に引っ越してきてから殆ど出歩いてないしな。

だが他人の目なんぞ気にする必要はない。

ステラをイジめる奴は俺が斬《き》……刎《は》……やっつけてやろう。

「じゃあ、お出掛けの準備しますね。……よかったねステラちゃん」

「……うん」

しかし実際にステラ達と出掛けて気づいたことがある。……ヴァンパイアハーフやクォーターに対する偏見より、俺の顔に対する偏見の方が勝《まさ》っていたことに。

前に、偶然街中で会ったハルサリアと会話してると憲兵に声をかけられ、近隣の住民から〝エルフを売ってそうな男とエルフが会話してる〟と通報があった……と言われたことがある。

エルフ売ってそうな男ってなんだよ。

そしてたった今、人攫《ひとさら》いと間違われ憲兵に囲まれている。しかもハルサリアの時と同じ憲兵が居て、またお前か……みたいな顔をされた。

俺も同じ気持ちだよクソが。

この街に住み始めて結構たつ筈なのに、何故いまだに通報されなければならんのだ。

「仮にお前が人攫《さら》いじゃないとしたらその子達はいったい何処《どこ》の子だ？　親御《おやご》さんも心配してるんじゃないのか」

「俺がその〝親御〟さんだよ」

「何？　馬鹿も休み休み言え。それならこの子達は姉弟か？　全く似てないじゃないか」

俺の顔とイスカ達の顔を交互に見る憲兵。血を引いてても似てない家族なんて普通にいるだろうが。

「それに……そっちの紫色の髪の子供は」

その言葉を聞きステラの肩がビクリと震える。

「あ？　この子がなんだ？」

ステラの頭に優しく手を置いて憲兵を睨《にら》む。

「っ?!　……ふん、貴様がどのような態度をとろうと我々の仕事は街の安全と市民を守ることだ。言いたいことがあるなら詰所《つめしょ》で……」

市民を守る？　あの程度のチンピラどもにいいようにされていたお前らが？

「あの……」

それまで後ろで黙っていたアリアメルが声を出す。今まで一度も見たことがない怒った顔をして。

「その人……グレイさんの言ってることは本当です。私達はグレイさんの子供で、家族です。貴方達にとっては〝普通〟の服を着ている子供が市民なのでしょうが、余計なお世話です」

アリアメルの後ろに隠れてたニナとラッツが俺の左右の足にしがみついてくる。

「おとーしゃんいじめちゃだめ！」

ニナが憲兵を睨み、ラッツは涙目で首をふるふると横へ振る。

すまん、どちらかというと俺の方が……。

イスカとフィオも俺を庇《かば》うように前に立つ。

それを見た憲兵達は気まずそうに目を見合わせる。

「行きましょうグレイさん」

そう言って、俺の手を引いて歩きだすアリアメル。そして

「……私達がボロボロの格好をしていた時は助けてなんてくれなかったくせに」

小さな声でそう言った。

その時のアリアメルの表情と言葉から、前に何かあったのだろう。

暫《しば》らく歩くと我に返ったのかアリアメルが恥ずかしそうに謝ってくる。

なんか……守る筈が逆に守られてしまったな。……あの時、この子達を助けたことは俺の人生最大の英断だったな。


「「……」」

で、子供達を宿屋の親子に紹介すると二人とも固まってしまった。

「おい」

「っは?!」

「幾らなんでも驚きすぎだろうがよ」

「い、いやだってなぁ?」

宿屋の親父がリナの顔を見る。

「う……うん、これは驚かない方がおかしいよ……」

今現在、歩き疲れたニナを肩車して右手にステラ、左手でラッツを抱っこしているがどこもおかしなところはない。

やめろ言うな、わかっている。

「お前が突然家を買ったのはその子達のためか？」

イスカ達とリナが会話をしてるのを見ながら宿屋の親父が小さな声で話しかけてくる。

「別にそれだけが理由じゃない。この街で暮らし始めて結構たつからな、そろそろ腰を落ち着けてもいいかと思っていたところだったから……丁度良かったんだよ。あの子達にとっても、俺にとっても」

「へっ、顔に似合わねえことしやがって」

「顔にが余計なんだよ……」

さっきからニヤニヤしやがって。

「さって、適当な席に座ってな。すぐに飯を用意してやる。おーいリナ！　飯の準備だ」

「あ、はーい！」

そういうと二人は厨房《ちゅうぼう》へと入っていった。

でてきた料理はかなり美味《うま》かった。子供達は絶賛し、アリアメルに至《いた》ってはリナに頼みこんで料理のレシピを教えてもらっていた。

「俺が泊まってた時より美味くなってないか？」

「そりゃあれだよ、家族と食う飯は美味いもんなんだよ。知らなかったのか？」

家族で食べるごはんか……それは確かにそうだな。

ただでさえ美味しいアリアメルの料理に家族が加わってるんだから、俺が太るのも当然か……。

「……」

「ま、何かあったら相談しな。人としても父親としても先輩の俺が優しくアドバイスしてやるよ」

「言ってろ」

𝕭

宿屋の親父とリナに子供達を紹介してから一ヶ月が過ぎた。あれ以来、アリアメルはリナと友達になったらしく、時折《ときおり》お互いの家に行ったり二人で出掛けたりしてとても楽しそうだ。

しかし、それでも家事や料理の手を抜いたりしないし、ニナ達の面倒もしっかり見ている。責任感が強いのはいいんだが……たまにはお父さんに甘えてくれてもいいんだぞ。

そしてアリアメルもリナも美少女だ。だからナンパもされる。

ある時、俺が冒険者ギルドから家に帰る途中で、買い出しにでていた宿屋の親父と偶然会って話をしていると、二人組の男がアリアメル達をナンパしてるところに出くわした。

アリアメル達が迷惑そうにしているのにしつこく食い下がる男達。

「ねえ、そこの店でお茶飲んでお話をするだけだからさあ」

「大丈夫だって、絶対変なことはしないから。ね、いいだろ？」

……へえ。

「おう、じゃあ話をしようじゃねえか。……ゆっくりとな。なあ、グレイ？」

「ああ、俺達がじっ…………くりと相手をしてやる。遠慮すんな、どうせ選択肢はねえからよ」

「お父さん⁈」

「グレイさん……」

アリアメルとリナが驚いた顔で突然現れた俺と宿屋の親父の顔を見ている。

そしてナンパ男達は、俺と宿屋の親父の顔を見ながら「は……え？」と呆《ほう》けた声を出している。

「アリアメル。俺はコイツらとちょっと話さなきゃならないことがあるから先に帰っててくれ」

「悪いが、リナも帰って飯の準備を頼むわ、きっちり話つけとくからよ」

んじゃあ
「行こうぜ、なあ」

俺と宿屋の親父は青い顔をして震えている男達を連れて、すぐそこの店で心ゆくまで〝お話〟をした。

ちゃんと次はないと釘もさして。

どうでもいいんだが内臓がどうとか家族には手を出さないでとか……俺達をなんだと思ってるんだよ。

ただのB級冒険者と宿屋の親父だぞ？

「お前の面《ツラ》がこえーからビビったんだろ」

まるで自分は関係ないと言わんばかりの態度の宿屋の親父。

ブーメラン投げんな、テメェだけには言われたくねぇよ……。

家に帰ると扉の前でアリアメルが心配そうな顔をして立っていた。

「わざわざ外にでてまで待たなくても……」

「……すいません、ご迷惑をおかけしました」

「謝らなくていい、別に迷惑だなんて思ってない。家族なんだから助けるのは当たり前だろう」

「……あの、私もう……」

「アリアメル」

俺が名前を呼ぶと、それまで俯《うつむ》いていたアリアメルが顔を上げて俺を見る。

「リナといるのは楽しいか？」

「……はい」

「俺はな、リナと友達になって楽しそうにしてるアリアメルを見ることができて、あの親子にお前達を紹介して良かったと思ったんだ」

いつも他の子や俺の世話をしてくれるアリアメルには感謝している。この子の年相応《そうおう》の顔を見せてくれたリナにもな。

だからまあ、その……なんだ。

「俺としては、お前達が楽しそうにしてくれることが一番嬉しいんだよ。俺に遠慮して何かを我慢される方が迷惑だ、お前はもっと甘えろ。ニナみたいにな」

「おとーしゃんよんだ？」

傍で話を聞いてたニナがとてとてと寄ってくる。

「ニナは甘えん坊だなって」

「ニナあまえんぼうしゃん？　……おとーしゃんいや？」

「いいや、嬉しい」

もっときてくれてもいいぐらいである。

その後ニナが抱き付いてきて、ステラとラッツが加わり、恥ずかしがるイスカとフィオを俺が抱き締める。

「……あの、グレイさん」

「ん？」

「私もその……いいですか？」

「ああ、おいで」

なんか話が有耶無耶《うやむや》になったな。

子供達の家族として、父親として……俺はまだルーキーだ。これから先、子供達との間にいろいろあるんだろう。

……俺は子供達とちゃんと向き合っていけるんだろうか？　……反抗期とかきたらどうしよう、吐くぞ俺。

……癪《しゃく》な話だが宿屋の親父を頼る日も近いかもしれない。

余談だがこの日以降、アリアメルとリナに声をかけると、どうみても堅気《かたぎ》じゃない男達に攫われるという噂が広がり、二人がナンパされることはなくなった。

堅気だし攫ってねーよ……。

「はあぁー！」

イスカが気合いの入った声を上げて木剣で斬りかかってくる。流石に主人公だけあって身体的なポテンシャルは高いのかそこそこに速い……が。

「わっわっわっ……！」

俺が歩いて横に避《よ》けると頭から地面に突っ込んでいった。

「だから、剣を振る時に目を閉じるんじゃない。相手をよく見ろ」

「いたた……は、はい！」

最近家事の手伝いや文字の勉強を頑張ってるからと、アリアメルから二人に稽古をつけてあげてほしいと頼まれてイスカとフィオに剣の稽古をつけていた。三人の間でどんな話し合いが行われたかはわからないが、すぐそこで心配そうな顔をしてるアリアメルを見る限り、完全に納得してる訳ではないのだろう。

魔法については文字が完全に読めるようになってからだ。まず魔法書が読めるようにならないとな。座学を馬鹿にするような奴に教えてやることは何もない。

学びたくてもそんな機会すらない奴もいるんだ。生き残るためにできることはなんでもやれ。

「イスカは少し休んでろ。次、フィオだ」

「はい！」


「アレス様、そろそろお時間です。出発の準備はお済みでしょうか」

豪華な調度品の並ぶ部屋の中、ソファに座るアレスと呼ばれた金髪の青年に、豪華なローブに身を包んだ男が声をかける。

「……はい」

青年は美しい顔立ちだがその表情は暗く、声には覇気《はき》がない。

「では、すぐに迎えの者を寄越《よこ》します。それまで少々お待ちください」

青年の返事を聞いたローブの男は張り付いた笑顔のまま部屋から出る。そして扉を閉めた途端、面倒くさそうな表情になり溜め息をついた。

「勇者様の様子はどうでした？」

部屋の外で待機していた白い鎧《よろい》を着た男がローブの男に声をかける。

「いつも通りですよ……神託とはいえ、あんな暗いガキのお世話なんてこっちの気まで滅《め》

入《い》る」

ロープの男の顔からは勇者と呼ばれたアレスに対する敬意の欠片《かけら》も感じられない。

「強さは本物ですよ。それまで剣も握ったことのない素人だったのに、たった三ヶ月鍛えただけで並みの騎士では手も足も出なくなりましたから」

「当然です。むしろ、さっさと聖騎士クラスになってもらわないと困ります。もう勇者が選ばれたことは各国へ公表したのですからね」

「……それで次は聖女様……ですか。確か隣国のバストー……」

「おい」

ロープの男が白い鎧を着た男の言葉を遮《さえぎ》る。

「聖女様はこの国の出身だ。誰が聞いてるかわからないのだから滅多なことを言うな」

有無《うむ》を言わさない口調でそう話す男。

「……は」

(聞けば、生まれこそ豪商の出らしいですが……全く、今代の勇者と聖女が両方孤児とは。まあ、だからこそ後腐れなくこの国に連れてこられるんですがね。……ああそうだ、バストークとかいう街には折角勇者のパーティに誘ってやったのに断った馬鹿なパーティがいましたね)

「……ふう、では行きましょう。聖女様のお迎えに」

「……は」

白い鎧の男は歩きだしたローブの男を後ろから睨んでいた。

(何がお迎えだ、相手の意思を無視して無理矢理連れてくるだけだろうが……ただの誘拐ではないか。こんな奴が司教とは……)

この日、ストリア聖国という国から神託の勇者アレス、司教一名、騎士と従者数名、そして聖騎士一名が隣国のバストークという街へと向かった。

隣国へそれを告げることなく、彼らの目的である聖女アリアメルをストリア聖国へ連れ帰るために。

𝕭

「勇者に聖女ねぇ……」

家のソファに座りながら小さく呟《つぶや》く。

ニナ達はアリアメルに添い寝してもらいながらお昼寝中。イスカとフィオは俺の向かいに座り勉強中だ。

「……？　グレイさん今何か言いました？」

「いいや。……なあイスカ、お前〝勇者〟や〝聖女〟についてどう思う？」

「え、勇者に聖女……ですか？　うーん……特に何も。どうしてそんなことを？」

不思議そうな顔をするイスカ。

「いや……フィオはどうだ？」

「私も特に……。世界を救う人ってイメージですけどスケールが大きすぎて、それこそ本の中のお話みたいだな……ぐらいです」

「そうか……」

反応を見る限りだと二人とも本当に興味なさそうだ。

主人公のイスカや多分ヒロインのフィオには、何か特別な血筋みたいなものもあるかもしれないと思ったが……今の様子を見る限りだとそういったものもなさそうだな。

本人は知らないってのも普通にありそうだが。……アリアメルやニナ、ラッツにステラは……昼寝から起きてきたら一応聞いてみるか。

「グレイさんどうしたんだろ？　何か考えこんでるけど」

「……さあ？」

昨日、冒険者ギルドへ依頼の達成報告をしに行く途中で真剣な顔をしたエミリアに捕まり、半ば強引に『戦乙女《なか》』の現パーティハウスへと連れていかれた。

「おい、なんなんだ一体……」

「すまない、今は黙ってついてきてほしい」

応接室のような場所に案内され、中へと入ると、椅子に座り何かを話してたカーシャとハルサリアが此方へ視線を向ける。

「……いらっしゃいグレイ。いきなりごめんなさい……少しだけ話を聞いてちょうだい」

申し訳なさそうな顔のカーシャが頭を下げる。

「ギルドじゃ話せないことか？」

「ええ、あそこじゃ人の目が多すぎる。……取り敢えず座って、今お茶を用意するわ」

「いや、大丈夫だ。それより用件を教えてくれ」

カーシャ、ハルサリアと向かい合う形で椅子に座るとエミリアが俺の隣に座る。

「勇者の話、聞いたでしょ？」

ハルサリアが話し始める。

「ああ……神託で選ばれたってやつか」

一体どんな奴なんだろう？　エミリア達をパーティに誘ったってのも、本人の意思が絡んでるかはわからないし。

「そうそれ。その勇者が隣国のストリア聖国からこっちへ向かって来てる」

……うん？

「なんでそんなことがわかるんだ？」

「何故か街道を通らずに森の中を移動してる。だから仲のいい精霊が教えてくれた」

「精霊……」

森の民であるエルフは精霊と話せると聞いたことはあるが……精霊って適性がないと存在を感じることもできないらしいし。俺もよく知らないんだよな……。

精霊魔法ってのもあるが使える奴を見たことがない。

「なんでそれが勇者だとわかったんだ？」

「勇者だからわかった」

「勇者だから？」

「そう、神託によって選ばれた勇者は精霊にとっても特別な存在なんだって。だからその精霊の領域《テリトリー》に入ってくるとわかるって」

プライベートはないのか……。

「勇者は一人でこの街へ？」

「一人じゃないらしいけど、人数までは」

イスカ達のこともあるし、わざわざ街道を避《さ》けてるって時点で怪しい……警戒するべきだな。

「わかった……でも何故俺にそれを？」

「この前エミーがグレイには話しちゃったでしょ？　勇者のパーティに誘われたけど断ったこと」

それまで黙っていたカーシャが話し始める。

「勇者の目的はわからないけど、警戒をしとこうと思うの。……この街の領主も今はちょっと信用できないしね」

「それで何かあった時のため、事情を知るグレイに協力をしてもらおうと思ってな」

「事情を勝手に話したのも、協力者にグレイをやたら推してきたのもエミーだけどね」

「うぐ……」

カーシャの突っ込みに言葉を詰まらせるエミリア。

別に断る理由はないか……現在パーティを組んでる訳じゃないが、今でもエミリア達のことを仲間だと思ってるし。

それに此方としても、この件にイスカ達が無関係かどうかわからないからな。

「わかった、具体的には――」

こうして『戦乙女』と協力することになった。俺は少しの間依頼を受けるのを控えて子供達の傍《そば》にいることにした。

街の外へは出ない方がいいだろうしな。

決して深い意味はないんだが、勇者って首を刎ねたら死ぬのかな?

ニナ達を昼寝させていたアリアメルがなかなか戻ってこないので、様子を見に行ったら俺の部屋でニナ、ステラ、ラッツと一緒に絶賛お昼寝中だった。

幸せそうな寝顔の四人に毛布をかけて静かに部屋から出る。

勇者の……いや、勇者達の目的がエミリア達なのか、イスカ達なのか、またはそのどちらでもないのかはまだわからないが、子供達は何があっても守ってみせる。

いざとなったら子供達を保護してもらえるようエミリア達には頼んであるし、どちらにせよ俺のやることは変わらん。

「あ……グレイさん。アリア姉は？」

二階から下りるとイスカに話しかけられた。

「ニナ達とお昼寝中だ、静かにな」

俺の言葉にイスカとフィオは一度顔を見合わせてコクリと頷き、勉強を再開した。

最近本当によく頑張ってるな……本格的に稽古をつける日も近いかもしれない。

二人にお茶でも入れようかと立ち上がると、誰かが玄関の扉をノックした。

客か。誰だ……エミリア達か？

フィオが立ち上がろうとするのを止める。

「俺が対応する。二人は勉強を続けろ」

「はい、それじゃあお願いします」

玄関まで移動してドアを開けずに話す。

念のためいつでも抜けるように、剣のグリップに手を掛ける。

「誰だ?」

「私だ。少し情報の共有をしにきた」

ドアの向こうから聞こえたのはエミリアの声だった。

「ああ、すぐ開ける」

何か進展があったのだろうか?

ドアを開けるとエミリアが一人で立っていた。

「一人か?」

「む……駄目なのか?」

「いいや、立ち話もなんだし入れ。お茶ぐらい出すぞ」

「……嬉しいお誘いだが、カーシャにできるだけ早く戻ってこいと言われてるんだ。すまない」

エミリアは物凄く残念そうな顔をしてそう言った。

昔からエミリアはカーシャに頭が上がらなかったからな。『戦乙女』を結成してからもそれは変わらない。

「そうか、それじゃお茶はまた今度だな。……それで何かあったのか？」

「ああ。ハルサリアが言うには勇者達が森を抜けたらしい……真《ま》っ直《す》ぐこの街を目指すなら半日もかからない筈だ。お互い気を付けるとしよう」

なるほど。森を抜けてしまうと勇者の居場所がわからなくなる……なら。

「わかった。何かあったらすぐ助けに向かう」

「えと……頼りにしてる。それと、これを渡しておく」

そう言ってエミリアは小さな紅《あか》い石を二つ差し出した。

「……これは」

「連絡用の魔導具だ。言葉を直接伝えたりはできないが、片方の石を握りしめ念じればもう一個の石がそれに反応して強く光る。一つを渡しておく、何かあったら使え。そっちが使えばすぐ助けに行く」

本来、この魔導具はパーティでダンジョンに潜った際に使用するもので、使用すれば相手の大まかな位置もわかるんだそうだ。比較的安く買えるので、御守り代わりに持つ冒険者もいるらしい。

……俺がパーティを組んでた時には見なかった物だ。長いことソロだしダンジョンにも潜ってなかったとはいえ、俺も勉強不足だったな。今度イスカ達に買ってきて持たせておこう。

「わかった、そっちも……」

「ああ、当然何かあったら使う。……その時は期待してるぞ」

エミリアが戻るのを見送り家の中へ入る。

勇者達はもう近くまで来ている……もしかしたら今夜にでも何かあるかもしれない。

渡された石をポケットへ入れてイスカ達のいるリビングへ戻る。

「あ、グレイさんお客さんは？」

戻ってきた俺に気づいたフィオが口を開く。

「ああエミリアだ。用事は済んだからと、もう帰ったぞ」

「エミリアさんてこの間の……？」

「そうだ。金髪の剣士の方で昔のパーティメンバーだ」

それを聞いたフィオとイスカは何やら小声で話し始めた。

俺はそのままキッチンでお茶を三人分用意して戻る。二人はまだ何か話していたが、お茶を出すと素直に礼を言った。

「……あの、グレイさん」

「ん？」

俺がお茶を飲んでると目をキラキラさせたフィオが話しかけてくる。

「あのエミリアって綺麗な人はグレイさんの恋人さんなんですか？」

俺はお茶を吹き出してしまった。

いきなりなんて質問を……！

「えと……何か不味いこと聞いちゃいました……？」

俺がお茶を吹き出したのを見てフィオが心配そうに聞いてくる。

「い……いや別に……」

「こ、これで拭いてください」

「ああ……ありがとう」

イスカが差し出してきた手拭きを受け取り、礼を言う。

しかし恋人か……俺とエミリアって今でもそう見えるのだろうか？

「なんでそう思ったんだ？」

できるだけ冷静を装って返事をする（完全に手遅れ）。

「目が……」

「目？」

「前にエミリアさんが来た時のグレイさんを見る目が、他の人を見る時と全然違ったので……」

ぐ……ま、まあ隠すようなことでもないか。

「……昔、パーティを組んでた時に付き合ってはいた。……だが大分昔に別れてる、だから元恋人だ」

俺がパーティを抜けた時にちゃんと話し合ってな。

冒険者ギルドに出入りしてるエミリアのファンや一部の貴族連中ならいざ知らず、そんなことが気になるものなのか？

「どうして別れちゃったんですか？」

「フィ、フィオ！　これ以上は流石に……」

興味津々といった表情のフィオが身を乗り出して詳しい話を聞こうとすると、それをイスカが慌てて止めに入る。

「そんなたいした理由じゃない。ただすれ違っていただけ……よくある話だ」

嘘だ。いや、他人からすれば本当にたいした理由じゃないかもしれないが、俺にしてみれば大きな問題だった。

フィオは別れた理由をもっと詳しく聞きたそうにし、イスカはそんなフィオを呆れた顔で見ていた。

……もうこれ以上は話さんぞ。

その時、二階からぱたぱたと、昼寝から起きて焦った顔のアリアメルが下りてきた。

「ごめんなさい、お昼すぐ作ります！」

「アリア姉……今日はもう皆で食べたろ？」

「え……あっ、わ、私寝ぼけて……」

アリアメルは一瞬固まり、徐々に顔を赤くして一度屈《かが》みこんでからゆっくり立ち上がり、

「……顔……洗ってきます」

と、顔を隠して小走りで洗面所へと向かった。

そんなアリアメルの姿を三人で微笑ましそうに見ていた。

「アリアメル寝癖ついてたな……」

「グレイさんそれ言っちゃ駄目ですよ？　アリア姉は乙女なんですから」

「あ、はい」

いや、でも教えないのもどうなんだ……？

夕方になりアリアメルが夕食の準備を始めたので手伝おうとしたら、顔を真っ赤にして
「きょ……今日は一人でやらせてください」
と、言われてしまったので家のすぐ目の前でニナ達が遊ぶのを見ていた。
アリアメル……反抗期かな。

「おとーしゃーん！」

ニコニコしながら俺を呼ぶニナに手を振って応える。

「おう、お父さんしてんな！」

そこへ何故か宿屋の親父が小さな鍋を持ってやってきた。

「どうした？　一体何しに来たんだよ。とうとうリナに追い出されたのか？」

「うっせえよ……なんだよ折角、スープのお裾分けに来たのによ。ほー、これがお前の家か、いい家じゃねえか」

そう、ふざけた口調で話しながら真剣な目で俺を見た。俺に近寄ると鍋を渡してくる。

そして肩に手を回し小さな声で
「……宿やギルドの酒場でアリアメルちゃんのことを聞いて回ってる奴らがいる。見た目は傭兵や冒険者みたいな格好してたが、それにしちゃ随分と行儀が良かった。気をつけな」

勇者ではなく傭兵みたいな奴らがアリアメルを……どういうことだ？

「……わかった、感謝する」

「礼ならいらねーよ。アリアメルちゃんはリナの友達でお前の家族だ、なら、助けんのはあたりまえだ」

そう言って手をひらひらさせながら宿屋の親父は帰っていった。……あれは照れてるな。

その後キッチンへ鍋を持っていき事情を説明する。宿屋の親父からの情報を除いて。

スープはとても美味かった。今度こっちも何か持っていこう。

夕食と風呂を済ませてリビングで寛《くつろ》いでいるとまたドアがノックされる。アリアメルが対応しようとするのを止めて、俺が出るから絶対顔を出さないように、と釘を刺す。

そして、俺が出かけたら戻るのはちょっと遅くなるから、先に休むように、と伝える。

少し驚いた顔をするが、すぐにいつものように素直に頷いた。

……俺が絶対に守ってやるからな。

剣をいつでも抜けるようにし、エミリアに渡された魔導具を起動させる。

「誰だ、こんな時間に」

「……夜分遅く申し訳ありません。我々は『夜霧《よぎり》の鷹《たか》』という傭兵団に所属しているものです。とある貴族からの依頼でアリアメルという名の少女を探しているのですが……ご存じありませんか？」

チッ……白々《しらじら》しい。

戦争じゃあるまいし、なんで貴族が人探しに傭兵なんざ使う必要があるんだよ。使うなら私兵や法に縛られた高ランクな冒険者にするだろう。

……コイツは俺が冒険者なのも知っている可能性もあるな。冒険者のふりをして適当なことを言えばバレると踏んだか。

コイツらと勇者の関係はわからないが信用できないのだけは確かだ。

「……今開ける」

俺は警戒しながらゆっくりドアを開いた。

「ああ、感謝します。それで、アリアメルという少女についてなんですが……」

ドアの向こうに居たのは、使い込まれたハーフプレートメイルにロングソードを装備した二十代後半くらいの二人組の男達だった。

確かにそこら辺にいる冒険者や傭兵みたいな格好をしているが……背筋も伸びていて、動きの一つ一つがやたら芝居がかっている。

お堅い騎士様に荒くれ者の傭兵を演じさせたらこんな感じになるのだろう。

「貴族の依頼と言っていたが、その貴族の名は？」

相手の話を途中でぶった斬って質問する。

「……依頼者の名は明かせません。そういう契約ですから」

「じゃあ俺がお前らに言うことは何もない。帰れ」

依頼者の名前も言わないで人探しって無理があるだろ。〝貴族〟と言えば勝手に勘繰《かんぐ》ってくれるとでも思ったのか？

残念だが依頼者がたとえ王族であろうが答えるつもりはない。

男達は俺の言葉が余程気に食わなかったのか、鋭い目つきで俺を睨み付けてくる。

「……」

「っ……ど、どうしても教えるつもりはないと？」

俺が殺気を込めて睨み返すと、一瞬たじろぐも、すぐに平静を装い言葉を返してくる。

「ない。それにお前ら本当に傭兵か？　それにしちゃあ随分と場馴れしてないようだが」

新人でもあるまいし、切った張ったが日常の傭兵は殺気を飛ばされたぐらいで怯《ひる》んだりはしないもんだぞ。

「……何が言いたいのですか？」

「別に？　そろそろ本当に帰れ。うちの子達はもう寝る時間なんだ。まだ何かあるにしても日を改めろ」

子供達と住むこの家を血で汚したくはないからな。

男達は小声で何か話し合い、一瞬だけ俺の後ろに視線を向ける。

家の裏口の方にもコイツらの仲間がいるんだろうが、残念ながらこの家は元々、メンバーが全員女性のパーティのものだ。表も裏もドアは無駄に頑丈な作りになっているし、窓には魔法によるセキュリティもある。

勇者ならどうかはわからんが、そう簡単には突破することはできないだろう。

それに……。

「……わかりました。今日のところは一先《ひとま》ず退散します、また明日改めて伺わせてもらいます」

そう言って男達は去って行った。

また明日……ねえ。

どうせ、こっちが寝静まった頃合いを見計らって襲撃してくるんだろ？　アリアメルが目的なら、彼女だけを生かしてあとは口封じに……も、あり得る話だ。

ま、大人しく攻められる趣味はねえからな。こっちからいかせてもらうぜ。

「グレイ！」

その時、家の裏手からエミリアが俺の名前を呼びながら走って来た。何かを引き摺りながら。

月明かり頼りの暗くなった街の路地を、ハーフプレートメイルを着た二人の男が足早に歩く。男達は自分達の目的である少女は、情報通りあの男が囲っていると確信していた。

見るからに下衆《ゲス》そうな男だったと二人は考えた。聞けば、それなりに腕の立つ冒険者だそうだが、あれでは冒険者というよりは質《たち》の悪いチンピラである。

「子供達の寝る時間だとか言っていたが、どうせ自分の子ではあるまい」

「奴隷か孤児達だろう。聖女様も孤児だという話だしな。……一体どのような目的で集めたのやら」

どうせろくな目的ではないだろう、きっと口にするのもおぞましいものに違いない。

言葉にはしなかったが男達はそう思っていた。

「……兎《と》も角《かく》、ソーマの奴が合流したら一度戻るぞ。司教様に報告すれば今日中にでも終わるだろう」

男は先程家の裏口を調べていた仲間の名を口にした。

「ほお……それがこの男の名前か」

「っ?! 誰だ！」

突然後ろから声をかけられ、二人は剣を抜きながら振り返る。

コツ、コツ、と暗い路地の向こうから靴音が響く。そして同時に何かを引き摺るような音も。

やがて、はっきりとあのチンピラのような男が姿を現す。

肩に剣を担ぎ、血まみれになった自分達の仲間を、まるでゴミでも扱うかのように引き摺るその姿は地獄の悪魔や鬼よりも恐ろしいものに見えた。

「貴様！　我々の仲間に何をした！」

男の一人が叫ぶ。

「うるせえな。叫ばなくても聞こえるっての……このゴミが人様の家の裏でコソコソ何かしてたから俺の仲間が捕らえたんだよ。そん時に抵抗しようとしたから無力化したんだと。うん、どう考えてもコイツが悪いな」

そう言って、手で掴んでいた血まみれの男を適当に放り投げる。

「心配しなくてもコイツはまだ生きてるぞ。返してやるから質問に答えろ。アリアメルを探してる理由はなんだ？　見つけ出してどうするつもりだ？　そして司教様とやらは何処にいる？」

捲《まく》し立てるように質問をするグレイ。

それに対し、二人の男は剣を構えて応えた。

血まみれの仲間には悪いが司教という言葉を聞かれたからには、この悪魔のような男を生かしておく訳にはいかない。たとえ仲間が人質にとられようとも。

どちらにせよ、このことが司教に知られたら彼らは終わりなのだから。

「なんだ答えないのか？　じゃあ今すぐこの場で死ね」

そう言うや否やグレイは地面を蹴り、男達に対し一瞬で距離を詰める。

（馬鹿な……速すぎる）

男の一人は一撃で剣を弾《はじ》かれ、次の一撃で首を刎ねられる。

もう一人の男が人生最期に見たのは、嗤《わら》いながら剣を振るグレイの姿だった。

𝕭

ドサリ……と首を失った男の体が地面へ倒れる。

剣を鞘に収めると同時に、二階建ての建物の上からハルサリアが飛び降りてくる。

「グレイ終わった？」

「一部始終見てただろ」

「バッチリ」

なら何故聞いた？

「相変わらず容赦ないね」

「する必要がないからな。うちの子達の平穏を脅かす奴らはすべて敵だ」

他人から何かを奪うつもりなら、その他人から命を奪われる覚悟ぐらいしてんだろ。してなくても奪うけど。

「……グレイってこんなキャラだったんだ。子煩悩お父さん？」

「俺のキャラ云々《うんぬん》は兎も角……子供を大切にして可愛がるのは親なら当然だろうが」

「うーん、グレイは早くお嫁さんも貰うべきだね。……うちのリーダーとかどう？」

何を言ってるんだコイツは。

「それ、エミリアに聞かれたら何されるかわからんぞ……」

「どうせ顔真っ赤にして照れるだけだよ」

ハルサリアが口だけ半笑いでジト目という、なんともいえない表情でそう言った。

「あー……まあそうだな」

言われてみればそんな気もするな……。

「そ、それより勇者の居場所はわかったのか？」

俺の誤魔化すような質問にハルサリアは軽く頷くと、ある方向を指差した。

「あっち。街の外にでてすぐの所。精霊に聞いてた通りの見た目だったから間違いないと思う」

街の外か……それなら多少大きい音をたてても大丈夫かな。

「人数はわかるか？」

「んー……勇者を含めて五人。なんか無駄に豪華なローブを着たのと、真っ白いプレートメイル着た奴、あとはそこに転がってるのと同じ格好してるのが二人」

「なるほど、感謝する」

ハルサリアは射手《アーチャー》としての腕もかなりのものだが、斥候《スカウト》としても一流だ。俺のやっていた真似事《まねごと》とは訳が違う。

軽く凹《へこ》む程に。

「行くんでしょ？　援護するよ。……っていうか、ここでワタシが帰ったら泣く泣く留守番してるリーダーに怒られるし」

「わかった、それじゃあ頼む」

エミリアには事情を説明して家で子供達の護衛を頼んである。物凄くついて来たそうだったが……強く（最低限、俺と同等かそれ以上）、俺が信頼と信用ができる相手なんてそういない。

その点でいえばエミリアは満点だ。

今度手料理でもご馳走《ちそう》しよう……。

前回、アリアメルと微妙な空気になっていたからな。……仲良くなってくれればいいんだが。


「……遅いですね。お遣いも満足にできないんでしょうか」

バストークを囲む壁の外で、ローブを着た男、ストリア聖国の司教が不機嫌そうに呟く。

傭兵に扮した騎士に聖女の情報を集めさせ、大体の目星がついたと報告があったのは夕方になる前の時間だった。

孤児であるがこの街の冒険者に拾われ、その冒険者と一緒に暮らしているという。

その冒険者がどのような目的で拾ったかはわからないが、どうせその日暮らしをしている下賤《げせん》な輩《やから》だ。適当に金でも渡しておけば、喜んで聖女を差し出すだろうと司教は考えていた。

しかし聖女であることを知ったら、その冒険者が此方の足元をみて身の程知らずな要求をしてくるかもしれない。

(まあそうなったらそうなったで幾らでもやりようはありますがね)

だが情報の出所が出所だ。まずは本当に情報のあった冒険者の所にいるのかを確かめに、騎士三人を遣いに出したがいまだに戻ってこない。

そのことに司教はイラだっていた。

(さっさと聖女を連れてストリア聖国へ戻りたいですね……。そうすれば私の未来は明るい。このままいけば教区長だって夢ではないはず……。もし交渉が決裂しても、深夜になったらその家に忍び込んで無理矢理にでも聖女を連れ出せばいい。もちろん口封じも忘れずに)

そんな司教の近くで岩に腰かけていた勇者アレスは暗い顔で悩んでいた。

(アリアメルって人も僕みたいに大切な人達と引き離されるのか……)

今でこそ神託の勇者などと呼ばれているが、つい半年程前まで、アレスは他国で自分と同じ親を亡くした子供達と力を合わせて生活していた孤児だった。

ある日突然、司教とストリア聖国の使者を名乗る集団がアレスを迎えにきた。

勇者として。

アレスは勇者になんかなりたくはなかった。

ただ、家族同然の仲間達や、想いを寄せていた幼馴染みの女の子と静かに暮らしたかった。

自分を勇者として連れていくなら他の仲間達も一緒に連れていってくれ。

アレスはそう頼んだが、聖都には連れていけない……と断られてしまった。

その代わり、他の孤児達の生活はストリア聖国が面倒を見る、と。

ただ、もし断っても無理矢理にでも連れていくし、その場合、他の孤児達の面倒も一切見ない。

司教達はそんな約束を守るかどうかはわからない。しかし、どうせ無理矢理連れていかれるのなら……と、アレスはその話を受け入れた。

この時はまだただの孤児でしかなかったアレスには、そんな理不尽に抗《あらが》う力なんてなかったのだから。

「やれやれ……辛気くさいったらないぜ。だからオレに行かせりゃよかったんだよ」

そんななか、白い鎧を着た男が口を開く。

「ロンディ、貴方は私の護衛でしょう。護衛対象から離れてどうするのですか」

司教はそう言ったがそれだけが理由ではない。

聖騎士ロンディ。

腕は確かだが素行に問題があり、特に女好きで、迎えに行かせれば間違いなく途中で味見をしようとするだろう。

「……へいへい」

司教の言葉にロンディはだるそうに返事をする。

（このチキン野郎が……オレだって女が抱けなくてイライラしてるってのに。……ん？）

その時、ロンディは自分達に近づいてくる人影に気付いた。冒険者のような格好をした男で遣いに出した騎士ではない。

「おいおい……随分空気悪いな」

男は近くまで歩いてくると司教達に向かって話しかけてくる。

「どちら様でしょうか？　我々に何かご用ですか？」

司教が近づいてきた男、グレイに対して警戒を露《あらわ》にし、それまで後ろに控えていた二人の騎士が武器を構えながら前にでた。

「お前達がうちの娘について嗅ぎ回ってるストーカーか」

「………は？」


グレイの言葉に司教は一瞬、間の抜けた表情を浮かべる。

「……娘？　失礼ですがどなたかと間違われているのでは？」

「しらばっくれんなよ、アリアメルは俺の娘だ。テメェが司教様とやらだろ？」

「アリアメル……ああ、貴方が件《くだん》の冒険者ですか。ええ、私がその司教ですが……一応聞きますが、其方《そちら》のお宅にお邪魔した三人はどうしました？」

「あん？　知りたいか？」

「ふむ……いえ、結構です」

グレイの態度と言葉で察した司教はどうでもよさそうに答えた。

「そんな！」

「司教様?!」

司教を守るために前に立っていた二人の騎士が非難の声をあげる。自分の同僚であり仲間の安否に対して、上司にあたる司教が全く興味なさそうにしているのだから当然の反応である。

「黙りなさい。簡単なお遣いすらできない彼らが悪いのです」

そんな二人の声に対し司教は煩《わずら》わしそうにそう言った。

そのことに対し二人の騎士は明らかに動揺するが、逆らえば自分達もどうなるかわからないため大人しくなるしかなかった。

「それで、貴方の目的は一体なんです？」

「決まってんだろ、落とし前をつけに来たんだよ」

「はあ、落とし前ですか……それで、いかほど払えばよろしいので？」

「あ？」

そんな司教の言葉にグレイから不機嫌そうなドスの効いた声が出る。

「ようするにお金でしょう？　いくらで聖女様を譲ってもらえるのです？」

「……聖女だと？　アリアメルがか？」

他にもいろいろ気に食わない言葉が聞こえたが、そこをグレイはなんとか押さえ込み〝聖女〟の部分にのみ反応する。

まあ、ココで怒ろうが怒るまいが司教は殺すつもりなので結果は変わらない。

「ええ、神託によって選ばれた聖女様です。ああ……大丈夫ですよ、別に処女である必要はありませんから」

「あん？」

一体なんの話だ？　とグレイは顔をしかめる。

「貴方が既に聖女様を抱いていたとしても問題ないと言っ……」

「死ね」

グレイが「もういい殺す」、そう思うより早く体が反応した。

グレイは予《あらかじ》め魔法で身体強化をかけていたため、十メートル以上離れていた司教を一瞬で射程にとらえると、そのまま剣を横に振るった。

しかしその一撃は白い鎧を着た聖騎士ロンディにより阻まれる。

「っと。あぶねえ……今コイツを殺されるといろいろと困るんだよ。代わりに俺が相手になってやるよ」

ロンディは少し楽しそうにそう言い、司教の方はいきなり斬られそうになったことに青い顔をして地面にへたり込んだ。

一方、二人の騎士はグレイの踏み込みに反応できず呆然としていたがすぐに我に返る。

「わ、わ、私に剣を……冒険者風情がよくも！　おいアレス、お前も行け！　あの冒険者を殺せ！」

その言葉に空気と化していたアレスがビクリと肩を震わせる。司教は驚きと恐怖でアレスに対しての上辺だけの敬意すら失っていた。

アレスは剣を抜き、申し訳なさそうな表情をしながら構えた。

「……」

グレイは勇者の存在を普通に忘れていた。そしてその勇者は、なんだか嫌々司教の言うことに従っているようだった。

（これが勇者か。まだ子供だし……なんかイメージと全然違うな）

そんな勇者の姿を見て少し冷静になるグレイ。

冒険者対勇者と聖騎士。

（ハルサリアはまだ戻らないか。勇者がどれだけの強さかわからんが、多分白い鎧の方が腕は上だな）

取り敢えずアレスを無力化するため踏み込もうとした瞬間、バキッという音が鳴り、アレスが後ろに吹き飛ぶ。

ロンディがアレスを裏拳で殴り飛ばしたのだ。

「邪魔だ……何余計なことしてんだよ、こんな奴は俺一人で充分だ！」

「何をしているんだ貴様！」

司教が怒りの声をあげる。

普通であれば雇い主の命令に背く行為など許されないことだ。しかしたかだか冒険者一人に、聖騎士である自分と勇者の二人がかりで勝ったなどとロンディのプライドが許さなかった。

（……いきなり仲間割れを始めたな）

「うるせえんだよ。おい、オレがコイツ殺したら連れて帰る前に聖女様とヤラせ……」

言いきる前に剣閃《けんせん》がロンディを襲い、それを舌打ちしながらなんとか回避する。

「おい」

話しながら二撃、三撃と繰り出すグレイ。

「もういい。神様とやらの元へ送ってやるから喜んで死ね」


「……チィ！」

ロンディはプライドと性欲の塊のような男だが、ストリア聖国の聖騎士の中でも実力は上の方である。

自分の力に自信があり、冒険者なんて瞬殺できると思っていた。しかし、目の前の攻撃を捌《さば》くことが精一杯の今の状況がかなり彼をイライラさせていた。

（クソが！　一撃一撃がやたら早いし、重い……コイツ本当にただの冒険者か?!）

つい先程までの余裕はなくなり、なんとか一度距離をとろうとするもうまくいかない。

「ロンディ貴様、でかい口を叩いておいて何をしてるのですか！　さっさとその男を殺しなさい！」

押されている聖騎士を見て焦った司教が大声で叫ぶ。この冒険者はロンディを殺したら次は間違いなく自分を殺そうとするだろう。

勇者は役に立たないし、このままでは……。

「うる……せえな！　黙らねえとテメェから殺すぞ！」

「……なっ⁈」

今のロンディからすれば、偉そうに声を張り上げるだけの司教は邪魔なだけの存在である。

しかも……。

「テメェも！　さっきから……どこ……狙ってやがる！」

「あぁ？　性犯罪者は去勢すべきだろ、なあ！」

そう言った目は、それが冗談ではないことがはっきりとわかってしまう程に真っ直ぐだった。

「ふざ……けんな！　このイカレ野郎がぁ！」

ロンディはこれ以上この頭のおかしな男に付き合ってられない、と全力で押し返す。

「む……」

後方へ吹き飛ばされたグレイが驚きの表情を浮かべる。身体強化の魔法を使った状態で押し負けるとは思っていなかったのだ。

しかし男の尊厳のピンチにロンディも必死である。

「くたばれイカレ野郎！」

ロンディは距離がまだ離れている状態で居合いのようなポーズをとる。

それは努力を嫌い、折角あった才能を中途半端にしか咲かせられなかったロンディが習得できた唯一の必殺技。

（まさかこんな所でこれを使うことになるなんて……この野郎は絶対殺す！　聖女もコイツの死体の前でさんざんヤッてやる！）

「奥義・雲隠れのぜ……あ？」

その時ロンディは下半身に何か違和感を覚え、それを確認するために視線を下へと向けた。

違和感の正体はすぐにわかった。

彼の男としての象徴があるはずの所に矢が突き刺さっていた。

そのことを理解して絶叫する瞬間、剣を振る冒険者《悪鬼》が視界に映った。

一人の聖騎士の人生が今ここで終わった。

彼は傲慢《ごうまん》で、粗野《そや》で、力強い男だった。ただそれはあくまでも聖騎士としてだ。

（まさかあんな堂々と隙だらけの技を撃《う》とうとするとは……）

グレイからすればロンディの股間に矢が突き刺さるのを見て、驚きで踏み込みが遅れたぐらいである。

「ひっ……ひぃぃぃ」

情けない悲鳴を聞いて、グレイはそちらに目を向ける。

声の主である司教の足元には元聖騎士の首が転がっていた。

司教は治癒魔法に関してはエキスパートである。ある程度の怪我ならすぐに治せるし、条件付きだが欠損した部位だって治せる。

だが死んだ人間はどうにもならない。

聖騎士が勝てない相手に残った二人の騎士では手も足もでないだろう。勇者に関しても、普通の騎士より強くても聖騎士にはまだ勝てないと報告を受けているし、気を失っているのか今も倒れたまま動かない。

迂闊《うかつ》だった。こんなことなら功《こう》を焦らず勇者が育つまで待つか、国同士に交渉させて正式に迎えを寄越《よこ》すべきだった。そうすればこの男だって……。

後悔先に立たず。そんな簡単なことを司教はようやく知る。

その命を対価に。

「グレイお待たせ。終わったよ」

手に大きな弓を持ったハルサリアがグレイに話しかける。

「ああ、ご苦労さん。助かった」

腰を抜かした司教を上から見下《みおろ》すグレイ。

普段の司教ならば「冒険者ごときが！」と怒っていたであろう。だが今の司教にあるのは『死にたくない、一体どうすれば助かるのか？』ただそれだけだった。

𝕭

「待たせたな。ちゃんと神様へのお祈りは済ませたか？　んだよその面は、これからお前達の大好きな神様の所へ逝けるんだ、もっと嬉しそうにしろよ」

「ま、ま、待ちなさい！　私を殺せば教会が黙っていませんよ？　そ、そうだお金を用意させます、如何《いかが》で……」

「いらん」

「で、では女を……」

「興味ない」

「せ……聖騎士のポストは、あ、貴方の腕なら第四席……いえ、次席にだって……」

しつこいなコイツ。生き汚いのは悪いことじゃないが、取り引きしたいなら相手を選べよ。

あと、聖騎士ってそんな簡単になれるもんなのか？

「金、女、地位。随分と俗っぽい取り引きを持ち掛けるなお前……。心配しなくても慰謝料を貰えれば手打ちにしてやるよ」

俺の言葉を聞いて、ついさっきまで顔を青くして震えていた司教は一転して希望を得たような表情になる。

「お、おお！　やはりお金ですか、いやいや全然悪いことではありません。生きていくにはお金はとても大切なもの……それで、いくらお支払いすれば……？」

ははは、コイツ面白いこと言うじゃねえか。

人の家族を攫おうとしといて本当に金で済むとでも？

「いくら？　……そうだなぁ、もう四人分は払ってもらってるからな」

「え？」

「……ま、まさか……」

「ま、待て！　少なくとも俺はもうアンタやアンタの家族に手を出さない！　頼む、助けてくれ！」

よくわからないという顔になる司教と、どういう意味か気付いた騎士達。

騎士二人は武器を捨て、膝を地面につけて命乞いを始める。

お前らはアリアメルの人生に差した暗い影だ、残念だが誰一人生かして帰すつもりはない。

あと、どうでもいいが見捨てられてるぞ司教。

「一体何を怯えてんだ。お前達の教義じゃ、神様の教えを守って善行を積めば、死後は飢えや戦争のない世界で永遠の幸せを得られるんだろ？」

全くもって胡散臭《うさん》い。しかも信徒がコイツらじゃあな。

「何も後ろめたいことがないなら安心して死ねるな？　後ろめたいことがあるなら死んで償《つぐな》わなきゃいけないよな？　だからよ、慰謝料としてお前達の命を貰う。よかったな、安く済んで」

絶望に染まった騎士二人の首を刎ねる。

無抵抗な相手を手に掛けて恥ずかしくないのかって？

いいや全く。

敵に情けをかけて足を掬《すく》われるようなヘマはしない。そして、守るものを見誤ることもな。

「あ……あ……た、たたた頼む、いや、お願いします！　助けてくれ死にたくない！」

この期に及んで両手を合わせ懇願《こんがん》してくる司教。しかし必死そうな態度に反して、その目にはまだ微《かす》かな希望のような光が宿っている。……何か奥の手でもあるのか？

「違う、お前が祈る相手は俺じゃねえだろうが。神様もいい加減、待ちくたびれてるぞ、潔《いさぎよ》く死ね」

　コイツに希望なんて必要ない。さっさと終わらせようと剣を振りあげる。

「あ、待ってグレイ」

　突然、ハルサリアに止められる。

「なんだよ？」

「この人が死ぬ前にこれ渡しとこうかと」

　そう言ってハルサリアは懐から、教会のシンボルである、中心に青い石のついた正十字の首飾りを三つ取り出す。

　首飾りには点々と血の跡がついており、もう首飾りの持ち主がこの世にはいないという事実を暗に告げている。

　司教は目を見開いてその首飾りを見つめていた。

「そ、それはまさか……」

「留守番してた貴方達の従者の物。馬も逃がしといたから馬車もないよ。……転移石《てんいせき》持ってるでしょ？」

　転移石は名前の通りの魔導具だが値段が馬鹿みたいに高い上に、転移できる距離が最長でも二千メートル……つまり二キロメートルくらいしかない。しかも使い捨てという、じつにコストパフォーマンスの悪い代物である。

つまり司教は、着ているローブに忍ばせていた転移石で待機させていた馬車へと転移し、そのまま自国へと逃げ帰るつもりだったのだ。

まあ先にハルサリアに頼んでそっちを潰してもらったが。

非戦闘員だろうが逃がすつもりはないからな。

「ぎゃあっ！」

隙を見て司教が袖から何かを取り出そうとしたので腕を斬り落とす。司教の腕と一緒に赤い石……転移石が地面に落ちる。

おいおい……まだ諦めてなかったのかよ。

「しつこい野郎だ。もういい加減に死ね」

痛みに呻《うめ》きながら、斬り落とされた腕へと必死に治癒魔法を使っていた司教の首を刎ねる。

まだ何かを言おうとしていたが後は死ぬだけのお前と違って、こっちはまだやることが残ってるんだよ。

俺が転移石を拾うとハルサリアが軽く首を傾《かし》げる。

「売るの？」

「いや、これでコイツらの死体を適当な所へ移動する。あとはゴブリンあたりが処理をしてくれるだろ」

転移石なら高値で売れるだろうが、何処から足がつくかわからないからな。

まあその前に。

「おい、狸《たぬき》寝入りするな。お前起きてるだろ」

倒れてる勇者へ近寄って声をかけると、ビクッと反応して、ゆっくりと起き上がった。

「いくつか質問がある。大人しく答えろ」

「は、はい……」

まだ何も言ってないのに正座をする勇者。

「司教が呼んでいたが、お前の名前はアレス……勇者だな？」

「はい」

目の前の青年は真剣な目で頷きながら答える。

正直なところ、この時の俺はアレスの処遇について悩んでいた。ここに来るまでは司教やそこの性犯罪者と一緒に処《しょ》するつもりだったんだが……。

奴らのアレスに対する扱い、アレス自身の態度。

そして何より……。

「次。アレスは今いくつだ？」

「今年十三になりました。……多分」

「多分？」

「……僕がまだ赤子の時に孤児院の前に捨てられてたそうです。だから実際の年齢はわかりません」

十三……アリアメルと同い年か。つうかまだ子供じゃねえか。

「孤児院……ストリアのか？」

アレスは俺の言葉に首を小さく横に振る。

「いえ……コダールです」

「コダール王国か？　なんでコダール出身のお前がストリアで勇者なんてやってんだ？」

コダール王国はこの国からストリア聖国を挟んだ先にある国で、国土の三分の一が森に覆われている。

資源豊かな国だが、森の奥深くは下手なダンジョンより危険とされていて、高ランクな冒険者もあまり行きたがらないような場所だ。

「それは……——」

その後もアレスにはいろいろ聞いた。

誘拐同然にストリアへ連れていかれたこと。出身はストリアと答えるように言われたこと。

はっきりと言われた訳ではないが、逆らえば一緒に育った仲間達がどうなるかわからないこと。

この街へ来た理由は、神託で選ばれた聖女を連れて帰るためであること。

……自分と同じような方法で、家族や仲間と引き離されるだろうと思ったこと。

あと、実際に戦わなかったからわからなかったが、アレスはそこの騎士達よりは強く、白い鎧を着た男よりは弱いそうだ。

しかしこんなのが聖騎士ねぇ。もっとお堅い連中を想像してたんだが。

ストリア聖国の聖騎士はこの国でも結構有名だ。強さで序列があり、特に第五席以上には国から強力な聖武具を貸与されるそうだ。

……そこの性犯罪者は違うだろうな、それっぽいもの持ってないし。

しかしどうするかな……国に脅されて無理矢理仲間から引き離され、嫌々従わされていたアレスを殺したくはない。

心情としては仲間の元へ帰してやりたいが……ここからコダールまではかなり距離がある。一人で放り出すのも寝覚めが悪い。

「取り敢えず戻らない？　眠い」

俺があれこれ悩んでるとハルサリアから一度戻ることを提案される。

「……そうだな、今日はもう遅いし」

今夜はアレスには宿屋の親父の所に泊まってもらおう。家に泊めてもいいんだが、それは子供達に相談してからだな。

戻る前に司教達の死体から金を抜き取り、一ヶ所に集める。

「うあー外道」

「なんでだよ、死体に金は必要ねえだろ。迷惑料だ」

盗賊だって、討伐すればソイツらが持ってた宝は自由にしていいんだし。コイツらも似たようなものだろ。

「慰謝《首》料の上に迷惑料……」

「いろいろと入り用なんだよ」

「まあ、その子を国へ戻すにもお金はいるしね」

「わかってんなら言うなよ」

そのまま転移石を使うと、一瞬辺りが強い光に包まれる。光が収まるとそこにあったはずの司教達の死体は、綺麗さっぱり消え失せていた。

ここそこそとアリアメルを探してたところから察するに、少なくともこの国の上の方に話は通してはいないだろう。

通ってたらもっと大々的に迎えを寄越してただろうしな。なら、コイツらが消えてもストリアは大騒ぎもできないだろう。

立場のある人間が護衛と勇者を連れて無断で他国へ行き行方不明に……なんて言える訳ねえからな。

帰ろう……エミリア達に相談もしないといけないしな。

ハルサリアには一足先にエミリア達と合流してもらい、俺はアレスを宿屋へ連れて行くことにした。

宿屋の親父に事情を説明してから一応二泊分の料金を払い、俺が前まで泊まってた部屋に案内してもらう。宿屋の親父ならうっかりにでも情報を漏らすことはないだろう。それが娘であるリナが相手でも。

「じゃあ今夜はゆっくり休め。また明日迎えにくる」

俺が部屋から出ていくタイミングでアレスが口を開く。

「あの……グレイさん。宿代ありがとうございました、お金は必ずお返しします」

「いらん。どうせ俺の金じゃない」

元は御布施《おふせ》とかなんだろうし。

エミリア達への説明はハルサリアがある程度はしてくれてることだろうが、俺も早く戻るとしよう。

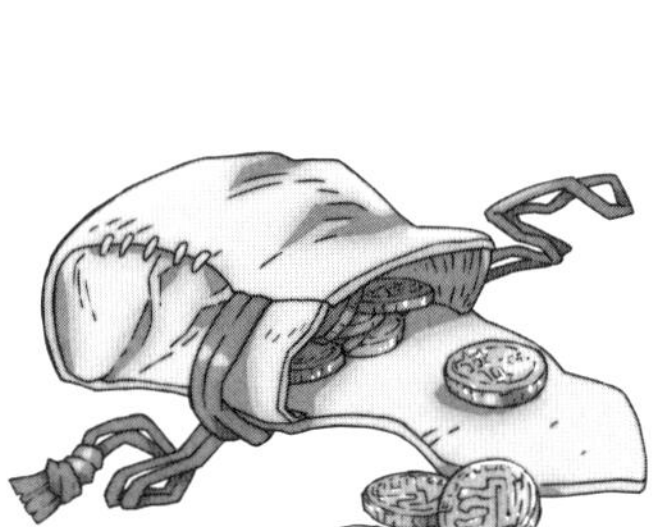

第5章
おかえりなさいとただいま

B-GRADE ADVENTURER WITH A BAD GUY FACE BECOMES A DADDY TO THE HERO AND HIS FELLOW CHILDREN

暗くて寒い……ここはどこだろう。

私なんでこんな所にいるんだろう。

そうだ……早く帰らないとニナ達お腹すいてるよね。でも……何か食べるものあったかな。

私が一番お姉ちゃんなんだからしっかりしないと。

でもここが何処《どこ》かわからないのにどうやって帰ったら……。

あれ？

帰る？

………あ、そっか。もう皆で暮らしたあの小屋は焼けてなくなっちゃったんだ。

お父さんもお母さんも死んでしまって、どうしていいかわからなくて……。

皆と逢って、新しい生活が始まって。お金も食べるものもないけど、皆で肩を寄せ合っての生活は温かくて幸せだった。

でも、もう何も残ってない。

突然、怖い大人の人達に連れさられて皆バラバラになって。連れていかれた先で首輪を着けられた、今日からお前は奴隷だって。

買われた先では地獄のような生活が待っていて……殴られて、髪を引っ張られて、ごはんも殆どもらえなくて、他には……ぅ……そ、それから……そうだ、聖女がどうとか言われて。勇者って人に会わされて。

それまで私をたくさん殴ってゴミのように扱ってきた人達がヘラヘラと気持ちの悪い笑顔で話しかけてきたんだ。

ふざけないでふざけないでふざけないでふざけないでふざけないでふざけないで！

返して！　皆を返して！

「あは……あははははははははははははははははははは！　死ね！　皆死ね！　呪われろ！　苦しんで苦しんで苦しんで苦しんで苦しんで死んじゃえばいいんだ！」

ああ……そう言って私、死んだんだ。自分で自分を刺して。

イスカ君、フィオちゃん、ラッツ君、ステラちゃん、ニナ……守ってあげられなくてごめんね、私何もできなかった……。

ここは寒いな……寂しいな……誰か……。

あ……でもちょっと暖かくなってきた。まるでお父さんやお母さんの腕の中にいるみたい……。

心に浮かんでくる優しいお父さんとお母さんの顔。

そして——

「……ぁ……グレイさん？」

「ん、悪い。起こしてしまったか」

心地良い気分のまま目をゆっくり開くと、すぐ近くにグレイさんの顔があった。

あ、私グレイさんを待ってる間にソファで寝ちゃって……。

グレイさんは私をお姫様抱っこしながら階段を上がってる途中だった。

「怖い夢でも見てたのか？」

心配そうな表情のグレイさん。

「少しうなされてたぞ」

「あ、それは」

……あれ？

「えと、よく覚えてないです……」

なんだかとても怖い夢だった気もするけど……。

「そうか」

グレイさんは短くそう答えた。

「それと、先に休んでろとは言ったが、あんな所で寝たら風邪を引くぞ」

「ご、ごめんなさい。グレイさんが帰ってきたらどうしても言いたいことがあって……」

「言いたいこと?」

「はい、グレイさん……——」

B

家の近くで護衛してくれてたエミリア達と合流すると、事情はほぼすべてハルサリアが説明してくれていた。

勇者を助けたことは怒られるかと思ったが。

「全く、相変わらずだな」

と呆れ顔のエミリアに言われ、カーシャには
「まあまあ、グレイなんだから想定の範囲内でしょ」

とよくわからないフォローをされた。

「それで、勇者はどうするつもりだ。他の子供達と一緒に暮らすのか?」

「ああ、それはな……」

俺は、他の子供達が構わないというのであれば、当面の間は一緒に暮らすつもりであること、アレスが仲間と会いたいというならなんとか叶えてやりたいと思っていることを伝えた。

ただ……アレスが暮らしていた孤児院が現在も無事に運営されてるかはわからない。違法な手段で全員奴隷にされていたり、最悪、口封じで殺された可能性もある。

だからまずは情報屋に依頼して調べてもらうことにした。俺は結果がでるまでアレスに剣や魔法の稽古をつけながら、一緒に簡単な依頼をこなしてみるつもりだ。

でも、イスカやフィオにはなんて言おう……。

「そうか。また何かあれば言ってくれ。できる限りのことはしよう」

「ああ、ありがとうエミリア。いつもすまないな」

「……っ、ま、まあ私達の仲だ。遠慮はいらないぞ、うん」

目をそらしながら赤くなった頬をかくエミリア。

……あ、そういえば。

「ずっと外で話してるのもあれだし、家に入るか？　お茶かコーヒーならあるぞ」

「あー……いや、そのだな」

「エミー、もういい加減に諦めたら？　いつかは越えなければいけない壁よ」

壁？

何故か気まずそうな顔になるエミリアの肩に手をのせるカーシャ。

「……や、やっぱり今日は帰る！」

しばし沈黙したあと、そう言って早歩きで帰るエミリア。

「まさかの敵前逃亡……ハル、明日は軍法会議よ」

「えぇー面倒くさいよ。どうせヘタレるんだし」

「そう言わないの。あ、ごめんなさいグレイ。私達も帰るわね」

「んじゃね」

「あ、ああ……」

辛辣《しんらつ》な会話をしながら帰る残りのメンバー。エミリアの威厳《いげん》を心配しながら俺も家へと入る。

もう皆、二階で寝てるだろうと思っていたら、薄暗いリビングでソファに座るアリアメルを発見した。

「ただいま、まだ起きてたのかアリアメル。………アリアメル?」

後ろから声をかけたが反応がないので近寄ってみると、目を閉じて小さな寝息をたてていた。アリアメルのことだから、俺が帰ってくるのを待ってるうちに寝てしまっていた……とかだろう。

「……ぅぅ」

少しうなされている。怖い夢でも見ているのだろうか? 夢の中にも助けにいけたらいいんだがな。

二階の部屋まで運ぶため、寝ているアリアメルを起こさないようにそっと抱き上げると、少しずつ安心したような寝顔に変わる。

怖い夢が終わったんだろうか？

起こさないように静かに階段を上がっていると、アリアメルがゆっくりと目を開く。

「……ぁ……グレイさん？」

「ん、悪い。起こしてしまったか」

アリアメルは寝起きでぼーっとしているのか、俺の顔を見ながら何も言わない。

「怖い夢でも見てたのか？　少しうなされていたぞ」

「あ、それは」

そこまで言って一度言葉を止める。少し何かを思いだそうとしていたが。

「えと、よく覚えてないです……」

別に無理をしている感じはない、本当に覚えていないのだろう。

「そうか」

ソファで寝ていたことを一応注意しとくか。待とうとしてくれたことは素直に嬉しいが、それで体調を崩されるのは困る。

「それと、先に休んでろとは言ったが、あんな所で寝たら風邪を引くぞ」

ハッとした表情になるアリアメル。

「ご、ごめんなさい。グレイさんが帰ってきたらどうしても言いたいことがあって……」

「言いたいこと?」

なんだろうか……どうしても今夜中に言わなければいけないことがあるのか?

「はい、グレイさん……――お帰りなさい」

アリアメルがいつものように優しく微笑みながらそう言った。

「……」

前世の俺は家に帰ることが憂鬱《ゆううつ》で仕方なかった。誰もいない家……それなのにたくさんの思い出だけがあって、それを思い出す度に胸を締め付けられるような痛みを感じるのがとても嫌だった。
思い出したくないのに、忘れたい訳じゃない。むしろ、絶対に忘れたくはない思い出。
ふとした瞬間に思い出すそれは
他愛もなくて
くだらなくて
愛《いと》しくて
温かい
返してくれる人がいないのに〝いってきます〟や〝ただいま〟と言い続けたのは……

ああ、そうか

俺は家族が欲しかったんだ。ずっと……。

「ああ。……〝ただいま〟」

これから先も、俺はこの子達と家族であり続けたいと、そう思った。

外伝

B-GRADE ADVENTURER
WITH A BAD GUY FACE
BECOMES A DADDY TO THE HERO
AND HIS FELLOW CHILDREN

とある少年にとっての英雄

これは、グレイがバストークという街に流れ着いてまだ間もない頃の話。

バストークでは毎年一回、大きなお祭りがある。そのお祭りは三日間続き、期間中は出店やパレードで盛り上がり、近隣の村からもたくさんの人々がバストークを訪れる。

娯楽の少ないこの世界では、こういうお祭りは人々のよいガス抜きになるのだ。

だが人の行き来が増えればそれに比例して、その人達を狙う犯罪者も増える。

強盗、詐欺、人攫《ひとさら》い……そんな犯罪者達にとってもこのお祭りの時期は稼ぎ時である。

普段村から出ない田舎者は彼らにとっていいカモなのだ。

だからこの時期は街の衛兵だけでなく、領主の私兵に加え冒険者にも、冒険者ギルドを通じて街道付近の見回りを依頼して警備を強化する。

だがそれも完璧ではないし、街から距離が離れれば手の届かないところも増える。

バストークの冒険者ギルドの中で、ギルドの職員達が泣きじゃくる少年を囲んで困惑していた。

少年の手には数枚の銅貨と、少年の宝物である綺麗な丸い石が握られており、それをギルドの職員へ渡そうとしていた。

少年は近くの村に住んでおり、今日は家族と共にバストークのお祭りへ参加しにきた。

大分前からお祭りを楽しみにしていた少年は姉と二人で家の手伝いや畑仕事をしてお小遣いを貰い、それを少しずつ貯めた。

少年の手にあるのはそんなお金である。

村での生活に余裕はなかったが、両親は子供達に楽しんでもらおうと、この日のために安くて美味しいと評判の食堂を調べ、子供達に新しい服も用意した。

お祭りの日はきっと楽しい一日になる……少年とその家族はそう信じて疑わなかった。

しかし、移動中に乗合馬車が盗賊から襲撃をうけてしまう。護衛の冒険者達と盗賊が戦ってる最中に両親は少年と姉を逃がすが、追ってきた盗賊に姉が捕まった。

盗賊に攫われた人間の末路は悲惨なものである。

なんとか盗賊から逃げた少年が泣きながら歩いていると、偶然通りかかった商隊の馬車に拾われ、バストークへと連れてきてもらったのだ。

少年は移動中もずっと商隊の人達に家族を助けてほしいとお願いしたが、首を縦に振る者はいなかった。

この世界ではこういったことは特別珍しいものではない。少年を街まで連れてきたのも、あのままでは魔物の餌食になるから……それだけの理由である。それでも……と縋《すが》る少年を前に商隊の誰かがこう呟いた。

「冒険者ギルドで依頼すれば誰かが受けてくれるかもしれんが……」

確かに依頼をすれば助けてはくれるだろう。だがそれも対価があっての話である。

これを呟いた人間もこの少年がそんなものを払えないことはわかっている。ただこの状況が面倒で、さっさと解放されたかっただけ……つまり厄介払いがしたかっただけなのだ。

「ようこそ冒険者ギルド、バストーク支部へ……あら、どうしたのぼ……え、え？」

冒険者ギルドまで連れてきてもらった少年は、珍しく空いているカウンターへ行くと感情が昂《たかぶ》り、ついに泣き出してしまった。

新人受付嬢のサシャが困った顔で事情を聞こうと目線の高さを合わせて話しかけると、少年は泣きながら少しずつ何があったかを話し始めた。その途中で他のギルド職員も何事かと集まってくる。

事情を話し終えると、少年は数枚の銅貨と綺麗な丸い石を差し出して、家族を助けてほしいとお願いしてきた。

「どうしましょう……一応依頼として受けますか？」

ギルド職員の一人がそう言ったが、冒険者だって命懸けだ。たかだか銅貨数枚で盗賊団に捕らえられた人間の救出など誰が受けるというのか。

しかもできる限り早く助けださないと手遅れになる……いや、もう既になってる可能性だってある。

サシャは唇を噛み締める。本当は駄目なのだが自分が報酬を肩代わりすれば誰かが……そう思った時だった。

ギルドの扉を開けて一人の男が入ってくる。

筋骨隆々《りゅうりゅう》の大きな体に、まるでチンピラのような鋭い目つき。その男は最近になってこのバストークの冒険者ギルドに出入りするようになったグレイという名の冒険者だった。

顔つきと態度はアレだが特に問題行動を起こしたりはしない。それどころか、依頼の達成も早くて正確……ただしパーティも組まず、他の冒険者とも殆《ほとん》ど関わろうとしない。ギルドの職員としてはそんな印象の男だった。

「……あん？　何やってんだ？」

こういったことに興味なさそうなので無視するかと思われたが、グレイは少年達の方へ声をかけながら近づいてくる。

そんなグレイにギルド職員の一人が事情を説明すると、ただでさえ鋭い目つきをさらに尖《とが》らせその職員を睨む。

「へえ……で、なんでさっさと依頼を受理しねえんだ？　急ぎなのはわかってんだろ？依頼料に下限はないだろうが？　さっさと依頼書を作れよ」

そう言われた職員は慌ててカウンターの奥へ入っていく。

そしてグレイは少年に近づき話しかける。その際、少年がビクリとしてちょっと後ろに下がる。その様子に、グレイは少し切なそうな顔になった。

「……お前、わざわざ冒険者ギルドに来たぐらいだ。家族を助けてほしいんだろ？」

答えなんてわかりきった質問である。少年は泣くのを我慢しながら頷いた。

「そうか。少し聞きたいんだが、この街にお前を連れてきてくれた大人達が今何処にいるかわかるか？」

「広場で……商売するって」

その後もグレイはいくつか質問し、最初は怖がってた少年は気付いたら普通に受け答えできるようになっていた。

「ほお、なるほどな……よし」

周りにいたギルド職員達はこのグレイの行動を不思議に思っていた。

「あの、グレイさん。もしかして依頼を……」

サシャが口を開くと同時に、カウンターの奥から先程の職員が作成した依頼書を持ってでてくる。そのまま掲示板へ貼りに行こうとした職員の手から依頼書を取り――

「この依頼を受ける。聞けば、そこそこの規模の盗賊団みたいだし、それなりに溜め込んでんだろ」

「……本気ですか？　グレイさんって確かパーティは組まれてませんでしたよね……まさ

かお一人で？」

この時のグレイはCランク。別に盗賊退治の依頼を受けることはおかしなことではない
……だが、それはパーティを組んでいる場合である。

「見たらわかるだろ。……大体、ソロだからこんな依頼を受けれるんだよ」

この時のグレイはまだ、組んでいたパーティを解散した時のことを気にしており、少しだけバツの悪そうな表情でそう言った。

それを知らないサシャは（まあ確かにパーティを組んでいたら、他のメンバーにこの依頼を受けるのを止められていただろうな……）程度に考えていた。

そして依頼の受付処理が終わると、グレイは「先に広場からだな……」と呟きながら出口に向かって歩き出す。その途中で一度足を止め、振り返りながら少年に向かって
「お前の依頼は必ず達成してやる。だから少しだけここで大人しく待ってろ」

そう言って再び歩きだした。

少年はそんなグレイの背中を何も言わず見つめていた。


少年達を襲った盗賊団のアジトは馬車の襲撃現場の近く、本人達は知らないが元々は別の盗賊団が使用していた洞窟の中にあった。

　この盗賊団の中にまともな斥候《スカウト》技能を持つ者が一人でもいれば、絶対に此処に住もうなどとは思わなかっただろう。しかしこの盗賊達は、ちょうどいい場所に洞窟があってラッキー……その程度の考えしかなかった。

　あの時盗賊達に捕まった乗合馬車の乗客達は、洞窟の奥の部屋に手足を縛られた状態で転がされており、泣いている者やそれを慰《なぐさ》めている者、何も話さず俯《うつむ》いている者、その表情は一様に暗い。

　一方で盗賊達は、洞窟の入り口と奥の部屋の前にいる見張り以外は、洞窟の中央にある大部屋で酒盛り中である。

「ハッハッハ！　いやーぼろい仕事だったぜ。この時期は馬車の数も増えるし護衛もたいしたことない奴ばっかだからな！」

「全くだぜ！　こっちの被害なんて、逃げたガキを追っかけてったアホが一人で勝手に転んで怪我ぁしただけだしな！」

　盗賊団のリーダーと部下の男達は上機嫌そうに酒を呷《あお》りながら、今日の仕事について語りあう。

「んでもよ、その男のガキを逃がしちまったんだろ……大丈夫なのかよ？」

「へーきだって、あんなガキに何ができるんだよ。あれか、冒険者でも雇って仕返しでもしてくんのか？」

不愉快な笑い声が響く洞窟内で一人、不機嫌そうな男がいた。先程の話題にでた少年を追って森の中に逃げ込まれた際に木の幹に足を引っかけて転んでしまい、右手の人差し指を折ってしまった上に少年に逃げられた男である。仲間の盗賊達に笑い者にされた男は痛む指を反対の手で押さえ、舌打ちをしながら部屋から出ていく。

（クソ！　ムカつくぜ。……そうだ、この怒りはあのガキの家族にぶつけてやる。売りもんだからあんま手を出すなって言われたけど少しぐれえ構わねぇだろ。娘の方はまだガキだし母親の方に相手してもらうか）

イライラしながら適当に部屋から出てきたために、洞窟の出入り口の近くまで歩いて来ていた男は踵《きびす》を返し洞窟の奥へ向かおうとした。だが、その瞬間、男の耳に地面に何かが落ちる音が聞こえた。

「あ？　おいどうした？　……ったく冗談はやめろよ」

男が外に向かって声をかけるも返事がない。どうせ仲間の悪ふざけだろう、と外へ出ると――

「いい加減にし……ひっ⁈」

そこには首と胴の離れた仲間の死体が転がっていた。丁度首の方は男の方を向いており、その首と目が合った男は恐怖で後退《あとずさ》る。

早くこのことを他の仲間に知らせないと……と先程までの怒りを忘れ、洞窟の中へ戻ろうとした男は何かとぶつかり尻餅をついてしまう。

「ってえな、一体なんなんだ……よ？」

悪態をついた男が顔を上げると……。

「よう。今日この近くで乗合馬車を襲ったのはテメェらだな？　……ああ、別に返事はいらねぇ、どちらにせよ殺すから、な」

見知らぬ男がそこにいた。見た目からして同業者だろうか？　それがこの盗賊の人生最期の思考となった。

「はっ、まさかまたここに盗賊が住み着くとはなぁ。マジで害虫《ゴキブリ》みてえな奴らだぜ」

尻餅をついて自分を見上げていた盗賊の首を刎ねたグレイは、ゴミを見るような視線を盗賊の死体に向けるとそのまま洞窟の中へと歩いて行った。

洞窟の中では盗賊達がまだ酒盛りをしていた。

「あ？　そういやガキ一人捕まえらんねぇアホはどうした？」

「さあな、便所じゃねーか？」

「ギャハハハ！　あんま言ってやんなよ。ほら、帰ってきたぞ。おい、いい加減に機嫌直し……」

足音がしたので仲間が戻ってきたのかと思い、部屋の入り口に盗賊達の視線が集中する。

「汚《きたね》えし臭いなおい。これじゃゴブリンの巣穴とたいして変わんねえぜ」

しかしそこに立っていたのは筋骨隆々の見知らぬ男。先程までの弛緩《しかん》した雰囲気から一転、盗賊達はすぐに立ち上がり、グレイに対して殺気を飛ばしながら武器を構える。

「いきなりご挨拶じゃねえか、なにもんだお前。冒険者や兵士にゃ見えねえ、同業者か？」

盗賊団のリーダーの男がファルシオンを構えながらグレイに対しそう言う。

「……あ？　どっからどう見ても冒険者だろうが、テメェの目は節穴か？」

盗賊から盗賊扱いを受けたグレイは眉間に皺《しわ》を寄せてリーダーの男を睨む。

「……冒険者だぁ？　なんでこの場所がわかった？」

平静を装ってはいるが盗賊のリーダーは内心かなり焦っていた。

（くそっ、誰の依頼かは気になるが正直、心当たりが多すぎる。だが、そんなことよりこの場所がバレていることの方が問題だな、すぐにでも冒険者ギルドや街の領主が討伐隊を編成する可能性も高い……勿体《もったい》ねーがココは捨てるしかねぇ）

まさか冒険者に依頼をしたのが、自分の部下が逃がしてしまった少年だとは夢にも思ってはいない。そして彼はまだ、この冒険者を片付けてさっさと逃げればなんとかなると思っていた。

「なんでって……前にココに住み着いてた害虫共を駆除したのは俺だからな」

「……ふん。前にここにいた奴らが何人いたかは知らねーがこの人数相手に一人でどうこうできると思ってんのか？　どうせ金に目が眩《くら》んで討伐依頼を引き受けたんだろうがすぐに後悔させてやるよ……大人しく薬草でも毟《むし》ってればよかったってなぁ！」

「あぁ？　テメェふざけてんのかよ、薬草一束《ひとたば》以下の価値しかねえくせに」

「あ？」

グレイの言葉に盗賊達が怪訝《けげん》そうな表情を浮かべる。

「知ってるか？　薬草採集は歩合《ぶあい》制だ、薬草を集めただけギルドに買いとってもらえる。因みに薬草は一本につき銅貨一枚」

「何が言いたい？」

「テメェらの依頼料は銅貨六枚。つまりテメェらの命の価値は一人銅貨一枚以下だ」

「ふざけんなよコイツ！」

「舐めやがってぶっ殺す！」

この言葉に激昂《げきこう》した盗賊達がグレイに襲いかかる。

「お喋りは終《しま》いだ。お前らもあの時の害虫共と同じように、みっともなく命乞いしながら死ね《アースグレイヴ》」

その瞬間、盗賊達の足元から石でできた小さな槍が何本も伸びて脹脛《ふくらはぎ》や太ももを貫通し、その場に固定する。リーダーを含め何人かは逃れたようだが、足を貫かれた者達は痛みに叫ぶも移動することも倒れることも叶わない。

「チッ……避《よ》けんなよ面倒くせえ」

「魔法?! コイツ魔法使いか?!」

心底面倒くさそうな顔をするグレイに対し、地槍《アースグレイヴ》を回避した盗賊の一人が叫ぶ。

「魔法使いは剣なんざ振り回さねえだろ」

そう言いながら近くにいた動けない盗賊の首を刎ねる。

「まず一つ」

グレイがまた別の盗賊に向かって剣を振る。盗賊は手に持っていた剣でそれを防ごうとするが、ろくに手入れもされていない盗賊の剣はあっさりと折れ、無防備な首を晒《さら》す。

「そんっ……」

「二つ」

盗賊達の悲鳴と命乞いの声で地獄と化したこの部屋でグレイが数字を数える声だけがやたら大きく聞こえた。

「コイツいい加減にっ……」

「八つ」

「やめっ……」

「九つ」

こうして二十四を数えると、この部屋の中で生きているのはグレイと盗賊のリーダーだけになった。

（はあ……はあ……な、な、なんだ？　なんなんだよコイツは?!）

盗賊のリーダーは殆ど動いていないにもかかわらず肩で息をし、目は恐怖で焦点が定まっていない。

ゆっくりと近寄ってくる男にはどう足掻《あが》いても勝つことも逃げることもできないし、同情も取り引きも一切通用しない。目の前でそれを嫌というほど見せられた。

だが、それでも。

「し、死にたく……な、ない……待ってく……」

「二十五」

盗賊のリーダーが最期に発した言葉はやはりただの命乞いのそれだった。

「はっ！　害虫の命乞いは何度聞いても不愉快だぜ」

こうして、グレイは奥の部屋で縄で縛られている乗合馬車の乗客達を発見し、助けだした。幸いたいした怪我をしている者もおらず、当然、少年の家族も無事だった。

この部屋の前にも見張りはいたが、仲間の悲鳴を聞いて中央の大部屋へ様子を見に行き、中の惨状を見て逃亡を図《はか》ろうとするも運悪くグレイと目が合い、武器を構える間もなく「十六」という言葉とともに首を刎ねられていた。

こうしてこの洞窟に住み着いていた盗賊達は、一人の少年を逃してしまったために全滅することとなった。

その後、少年の家族を含めた乗客達に物凄く感謝されたが、依頼を出したのは少年だから感謝は少年にしろ、とグレイは言った。

バストークに戻り、少年とその家族が泣きながら抱き合っている姿を少しだけ眩《まぶ》しそうに見つめ、カウンターで依頼の達成報告をしたグレイが報酬の銅貨六枚を受け取りギルドを出ようとすると、少年が近づいてくる。その顔には最初会った時の怯えは一切感じられない。むしろ何処か憧れのようなものすら感じられる。

「あのっ……おじちゃん」

「なんだ?」

「おとーさんとおかーさんとお姉ちゃんを助けてくれてありがとう!」

グレイはその感謝の言葉に
「ああ」

と短く返す。

「……この街の祭りは明後日までやってる、楽しんでいきな」

そう言って少年の頭を軽く撫でてから、今度こそ冒険者ギルドから出ていった。

その背中を見つめる少年はこの時、自分も大きくなったら冒険者になろうと心に決める。

そんな少年が将来有名な冒険者になるのは、また別の話である。

「あのっ、グレイさん！」

「あ？　なんだよ」

グレイを追いかけて冒険者ギルドを飛び出してきたサシャに声をかけられる。

そんなサシャに対し振り返ることなく返事をするグレイ。

「何故、今回の依頼を受けられたのですか？　ああ、いえ……依頼者の方も喜ばれてましたし、私達としても助かったのですが。でも、報酬はタダ同然で……盗賊達が奪っていたお金も彼らに返したそうですし。グレイさんにとっては殆どメリットもなかったのに……」

「……別に。それに報酬ならあれで充分だろ」

グレイはそれだけ答えると再び歩き出した。

そしてサシャは先程の、再会を喜ぶ少年とその家族を懐かしむように、羨むように見つめていたグレイの姿を思い出す。

「……ありがとうございます。依頼達成お疲れさまでした。またのご利用をお待ちしております」

サシャはそう言って姿勢を正して頭を下げる。いつもの様に、依頼を達成した冒険者を見送るために。

第6章

勇者と冒険者

B-GRADE ADVENTURER
WITH A BAD GUY FACE
BECOMES A DADDY TO THE HERO
AND HIS FELLOW CHILDREN

あれからアリアメルを部屋へと運ぼうとすると、今日は皆で寝たいと珍しく我儘を言われた。

俺の部屋ではイスカ、フィオ、ラッツ、ニナ、ステラが既にベッドの上で寝ており、そこで俺とアリアメルも一緒に寝ることにしたのだが……かなり大きいベッドでも流石に七人だと狭い。

戦闘に関して言えば俺の体格は恵まれているが、子供達と一緒に寝るには少しだけ面積を取りすぎてる気がする。

いや、だが待てよ？　もしかして俺がベッドになってちびっ子達を俺の上に寝かせるというのはどうだ？

……悪くないな、むしろ妙案だといえる。

アリアメルは眠たかったのかもう静かに寝息を立てている。その表情は先程までの怖い夢を見ていた時のものとは違い、とても穏やかで幸せそうだ。……こんな寝顔が見れるならもっと大きいベッドを買うのもいいな。

なんてことを考えていたらニナが顔をゆっくり上げ、眠そうに目を擦りながら俺の服を掴む。

「ああ、悪い起こし「おとーしゃ……おしっこ」」

慌てず、焦らず、迅速《じんそく》にニナをそっと抱き上げ、できる限り音をたてずにトイレへ。

なんとか無事に済ませ、戻ろうとするとニナが再び目を擦りながら抱っこを要求してきたので、抱き上げて背中を優しく叩くと即、眠り始めた。

びっくりするほど寝つきがいい。

ニナを起こさないように今度はゆっくりと部屋へ戻ると、ステラがベッドの上に座って此方をじっと見つめ
「パパおしっ……」

疾《はや》きことパパの如《ごと》く。

徐《しず》かなること父の如し。

俺はステラの言葉が終わる前に音もたてずベッドに近づき、ニナをそっと寝かせてから布団をかけ直しついでに頭を撫でる。そして今度はステラを抱き上げトイレへと(静かに)走りだした。……この時何か嫌な予感がした。

ニナに続いてステラも……ということは次はラッツか？　そう思い部屋を出る前にちらっとラッツを見たが、普通に寝ていたから安心してトイレへと向かった。

しかし何故か嫌な予感というのはよく当たる。

ステラを抱っこしてトイレから戻ると、ラッツがベッドの脇に立ってもじもじしている。

「ま、待ってろラッツすぐに……あ」

多分、ステラをトイレに連れて行ってすぐに起きて、俺が戻ってくるのを待っていたのだろう。

そして今限界を迎えた……と。

ラッツは我慢できなかったことがショックだったのか俯《うつむ》いて泣きだしてしまう。

「だ、大丈夫だラッツ。すぐ拭くから」

ボロボロと涙を流すラッツを見ると何か凄く胸が痛い……。取り敢えず濡れたパジャマを着替えさせてラッツが落ち着くまで抱き締めて、柔らかな赤毛を優しく撫でながら「大丈夫、大丈夫だ」と何度も言う。

何が〝大丈夫〟なのか？　と思うかもしれないが……泣いている小さな子供には理論や理屈は通じないし、そんなものを語っても余計に混乱させるだけだ。

因みにステラも一緒にラッツの頭を撫でている。眠くないのだろうか？

ようやく落ちついたラッツを寝かせるためにベッドで一緒に横になると、泣きつかれたのか俺にくっついてすぐに寝息をたて始める。

そして今の俺は、ラッツとステラにサンドイッチにされていて、下手に動くと二人を起こしかねない状態だ。

どうしよう、夜のうちにラッツのパジャマを洗わないとシミになってしまうんだが……。

なんとかベッドを抜け出してラッツのパジャマを洗い終えた時には既に朝日が昇り、アリアメル達が起きる時間になっていた。

眠い……が、ここで寝てしまえばまたニナ達の朝の悪戯《いたずら》の餌食《えじき》になってしまうことは明白である。故に俺は……——

「おとーしゃんあしゃごはん！」

「パパ、アリアお姉ちゃん呼んでる」

ゆっさゆっさぺちぺちぐいっむにー

「……お、起ひる、起ひるからまっへ……」

ニナ達に起こされて一階へ下りると、皿を並べていたイスカが此方《こちら》に気づく。

「あ、おはようございます。すぐに朝ごはんですから先に顔を洗ってきてください」

「おはよう。わかった、そうさせてもらう」

顔を洗いながら、イスカとアレスってゲームの方では一体どんな関係だったのだろうか？　なんてことを考えていた。

仲間やライバル？　無関係は流石にないだろうし……敵、だったりしてな。

まあ、原作がどうあれ二人が良い関係を築いてくれればいいのだが。

（……朝ごはんを食べ終わってからアレスのことを皆に話すか）

俺は顔を拭きながらそう思った。

朝食を食べ終わり、片付けをする前に子供達にアレスを引き取ろうと思っていることを伝える。

アレスの事情については子供達には流石に詳細は伏せた。勇者や聖女、教会に聖騎士……いろいろと話せないことは多い。

一通り話し終えてから子供達の反応を見る限りでは、特に反対意見はなさそうだが……これが俺に対する遠慮でなければいいのだが。

それだと普通にお父さんショックだ。

話も終わったので、皆で朝食の後片付けをすることに。お皿を運ぶちびっ子三人をドキドキしながら見守る。イスカとフィオが三人のフォローをし、アリアメルが三人を優しく褒めながら皿を受け取る。

「おとーしゃーん！　がんばったー！」

「パパ終わったよ」

ラッツも満面の笑みで手を広げて走ってくる。そして俺は褒めて！　と走ってきた三人を抱き締め頭を撫でる。

正直、役得だと思っている。

子供達と思う存分触れ合ってからアレスを宿屋へ迎えに行く……前に少し寄り道をする。

場所は宿屋の近くの裏路地にある寂《さび》れた酒場。まだ朝だというのに薄暗い店内にはガラの悪いチンピラや、ブツブツと何かを呟きながらちびちびと安酒を飲んでる危ない奴がいて、ろくな場所じゃないことが一目でわかる。

店内へ入った瞬間、一斉に俺へと視線が集まってくる。どいつもこいつもドブみたいに濁った目をしてやがる。

「……あ？」

だが相手が俺だとわかると今度は一斉に目をそらしやがった。まあ俺に直接絡んでくるのなんてガンザスぐらいだしな。

カウンターの席に着くと、長い髪を後ろで一本に縛った顔に傷痕のある強面《こわもて》の男……この店のマスターがグラスを拭きながら——

「注文は？」

と無愛想《ぶあいそう》に聞いてくる。

「これでマスターのオススメを」

俺がそう言い金貨を二枚投げると、マスターは視線を動かさずに空中でキャッチする。そしてすぐに酒の入ったグラスが出される。グラスの下には一枚のメモが挟まれており、俺はそのメモを読むとグラスの酒を一気に飲み干して店を後にした。

その後、街の中央広場へと移動する。

今日は天気がよいせいか広場はいつも以上に多くの人で賑わっている。そんな中、俺は辺りを見渡し目当ての人物を探す。

……いた。

ベンチに座って鳩に餌をやっている中肉中背で糸目の男。メモに書いてあった通りだ。

俺が糸目の男の後ろのベンチに座ると、餌を撒《ま》く手を止めた男が口を開く。

「……おや？　珍しいお客さんだ。お久しぶりですねグレイさん」

「挨拶はいい情報屋。調べてもらいたいことがある」

「ええ、私に接触してくるくらいですからそうでしょうとも。して、何についてお調べすれば？」

背中合わせのまま、できるだけ周りに声が聞こえないように会話する。まあ何故か俺達の近くには誰も居ないが。

俺が情報屋に調べてもらいたいことは、アレスの元々暮らしていた孤児院が現在どうなっているか、もしなくなっていた場合はそこに居た子供達の行方《ゆくえ》。

無事見つかればよし。だがもし見つからなければ……。

だからこのことはアレスには秘密にして、見つかった場合のみ報告するつもりでいる。

「コダールにストリアですか……範囲がかなり広いのでお値段は少々張りますがよろしいですか？」

「いくらだ？」

そう聞くと情報屋は少しだけ思案し、前金で金貨二百枚、成功報酬で金貨二百枚の合計金貨四百枚を提示してきた。俺は懐《ふところ》から司教達の死体から巻き上げた迷惑料を取り出し前金を払う。

「……確かに。では調べるのに何日かいただきます。なに、前金を持ち逃げするような真似はしませんからご安心ください」

「好きにしろ、その時は地の果てまで追い詰めて殺す」

俺の言葉に情報屋はおどけたように
「おお怖い。では気合いを入れて調べますか」

そう言うと突然足元にいた鳩が一斉に飛び立つ。鳩がすべていなくなると、そこにいた筈の男は最初からそこにはいなかったかのように姿を消したのだった。

そして俺はベンチから立ち上がり今度こそ宿屋へと向かった。

情報屋からの報告を待つ間にアレスを鍛える。じっくりと稽古をつけてやる時間もないので、ある程度スパルタでいくべきか？

まあ、まずはアレスがどこまでやれるかを見極めてやらないとな。

そういえば勇者って魔法使えるんだろうか？　使えるなら魔法も教えないとな、もしそれが固有魔法的なものならどうにもならないが……。

宿屋に着いて扉を開けると、カウンターに頰杖《ほおづえ》をついて相変わらず暇そうな宿屋の親父が座っていた。

「おう、遅かったじゃねえか。あの坊主心配してたぜ、見捨てられたんじゃないか……ってな。ずっと部屋で待ってるからさっさと行ってやんな」

「ここまで関わっておいて今更見捨てたりしねえよ……。ちょっと野暮用で遅くなっただけだ」

ネガティブすぎるな……今までアレスの置かれていた状況が状況だから仕方ないのかもしれないが。

「あ、グレイさんこんにちはっ。今日はどうしたんですか？」

アレスの泊まってる部屋の隣から出てきたリナが元気に挨拶をしてくる。手には掃除道具を持っているので空き部屋の掃除中なのだろう。

……宿屋の親父も暇なら手伝ったりしないのだろうか？

「アレスを迎えに来た」

「アレス？」

「そこの部屋に泊まってるだろ」

「あのお客さんってグレイさんの知り合いだったんだ」

「ああ……ちょっとしたな」

宿屋の親父はアレスを連れてきたのが俺であることも黙っていたらしい。どうにも発言内容はあれだがやはり信用のできる奴だ。

「ふーん……ね、あの人もグレイさんの所で一緒に暮らすの？」

「一応な。なんだアレスが気になるのか？」

「え？　全然。悪い人ではないと思うけどちょっとくら……大人しすぎるかなって」

……今何か言い直したな。

「あ、そろそろ続きやらないと……引き留めちゃってごめんね」

「ああ」

そう言ってリナは慌ただしく別の部屋へと入っていった。

その後、ノックをして返事を待ってからアレスの部屋へ入る。そこには椅子に座って少し落ち込んだ様子のアレスが居た。

……見捨てられたかと勘違いさせてしまったようだし、一応謝っておくか。

「あの……グレイさん」

「どうした？」

しかし俺が何か言う前にアレスから話しかけられる。

「僕って……暗い……ですかね？」

「あー……」

そっちか。

すまん、俺が余計なことをリナに聞いたばかりに。

その後、軽くフォローをしながら生活に必要なものを買い揃える。アレスはお金について俺に申し訳なさそうにしながらも、何処か楽しそうにしていた。
ストリアではほぼあてがわれた部屋と訓練所を行き来するだけの日々で、こうして街中で買い物したりするのは久しぶりだったそうだ。
途中で果物屋の方をぼうっとした顔で眺めていたので、食いたいのか？ と聞いたら
「僕がいた孤児院では特別な日にはデザートとして小さな果物を出してもらってたんです。僕にとってストリアで食べたどんな豪華な食事より、皆で食べた小さな林檎の方が贅

沢に感じるんです……変、ですかね？」

　少し寂しそうに、何処か遠くを見ながらそう話すアレス。

「……いいや」

『そりゃあれだよ、家族と食う飯は美味いもんなんだよ。知らなかったのか？』

　宿屋の親父の言葉を思い出す。

　俺は子供達と出会ってから毎日の食事が楽しみでしょうがない。この生活を守るためならなんでもできる……そう言いきれる程に今が幸せなのだ。

　そんな幸せを失ってしまったアレスのためにできることはしてやろう……俺はそう思った。

「グレイさんおかえりなさい。……そちらの方が今朝話してたアレスさんですか？」

「えと……おじゃまします」

　買い物を終え、両手に荷物を持って帰宅した俺とアレスを、アリアメルが出迎えてくれる。

　アレスがぎこちなく挨拶するとアリアメルは優しく笑いながら「はい、どうぞ」と言った。

「ただいまアリアメル。そうだ、取り敢えず顔合わせしたいから皆をリビングに集めてくれるか？」

「ええ、わかりました。お荷物少し持ちましょうか？」

「いや、大丈夫だ」

「はい、じゃあ先にリビングで待っていてください。お茶も準備しますから」

そう言ってぱたぱたと奥へ走っていくアリアメル。別にゆっくりでもいいんだが……。

「もしかして今の人が……？」

アレスが呟く。

「ああ、ストリアが勝手に聖女と呼んでいたアリアメルだ。……俺の大切な家族だ」

「……」

「どうした？　行くぞ」

「……はい」

アレスはアリアメルを連れ去る片棒を担がされていたことに対し、罪悪感を感じているのだろう。……これも後々フォローしていくべきかな。

そう思いながらアレスをリビングへと案内した。


「……おぉー……」

「うーん」

「え……と……」

現在リビングでは、ちびっ子三人によるアレスの品定めが行われている。

ニナは頭の先から爪先までまじまじと見つめ、ステラは顎に人差し指を当てて難しい顔をしている。そしてラッツは顔を近づけスンスンと匂いを嗅いでいた。……犬っぽい(可愛い)。

そして当のアレスは、身を縮め困った顔をしている。時折助けを求めて俺の方を見るが、悪いとは思いつつ気付かないふりをした。

もう少しだけこの光景を眺めていたいんだ……すまん。

フィオは愛想良く挨拶はするが距離が遠い……というか、興味はないけど俺が連れてきたから仕方なく相手をしているような感じだ。

もしかしてフィオは身内以外には結構冷たいのかもしれない。

そして問題はイスカの方だ。

最初、アレスとイスカは顔を合わせた瞬間、お互いに気まずそうに目をそらした。それからはお互いに意識的に目を合わせないようにしている。

まあ無理に仲良くしろとは言えないが、この二人の場合は仲が悪いというより……。

しかもこの状態でアレスを依頼を受けに連れて行って、稽古もつけようとしてるからな。胃が痛い……が、アレスはおそらく孤児院の仲間が見つかればここから出ていくだろう。それを引き留めることも、一緒に行ってやることもできない。ならば俺にできることは限られた期間でできるだけ力を付けさせることだ。

そんな短期間で何ができるのかと思うだろうが、アレスは剣を初めて握ってから僅か三ヶ月でストリアの騎士相手にならなら負けなかったらしいからな。勇者としての力なのか、アレス自身のポテンシャルなのか、もしくはその両方か。

俺はそこに賭けることにした。

そのためにまずは……

「おとーしゃん！」

俺が考え事をしてるうちにアレスの品定めが終わったのか、ニナに服をくいくい引っ張りながら呼ばれる。

「ん、どうしたんだ？」

「あのね、ニナね」

「うん」

「あれしゅのおねーしゃん！」

「うん？」

どういう意味だ？　あれしゅ、がアレスなのはわかる。おねーしゃんがお姉さんなのもわかる。

だがニナが何を言ってるのかがわからない。

「あれしゅはニナのおとーと！」

「え」

因みに今の「え」はアレスの発言だ。

なるほど。つまりニナが姉でアレスが弟ということか。……なんで？

ニナが言うには、自分の方がアレスより先にこの家にいたから姉で、後から来たからアレスは弟……と。そんなことをドヤ顔で言ってるニナ。

そうか、家族になった順番なのか……。

「わかった」

「え」

こうして、我が家にアレスを迎えるにあたり、子供達の新しい側面を知った。

フィオやアリアメルは心を許してない相手には意外とドライなところがある。

イスカは元々そんなに喋る方ではないが、よく知らない人がいるところではさらに口数が減る。

ステラとラッツも誰にでも懐くわけではないらしく、アレスから興味を失ったのか、二人共俺の左右の膝に座ってお茶菓子をぱくぱくしてる。

ニナは手に持ったお菓子をアレスにあげようか真剣な顔でうんうん唸《うな》っている。……あ、自分で食べた。

ニナ以外、アレスに対してちょっと冷たいのはどうして……初対面だしこんなものなのだろうか？

顔合わせが終わりアレスの部屋を決めることに。

「端《はじ》っこって凄く落ち着くんです」

「そ、そうか……」

アレスは部屋を決める際、恥ずかしそうにそう言ってフィオの部屋から二部屋離れた角部屋を選んだ。一瞬、フィオに遠慮したのかと思ったら全然違った。……神託の勇者……。

「少しいいか？」

「え？　あ、はい！」

荷物を部屋へと運び終えてひと息ついていたアレスを庭へ連れ出す。

「受け取れ」

そう言って練習用の木剣を投げ渡す。

アレスは投げられた木剣を空中でキャッチして此方を見る。

「稽古をつけてやる。構えろ」

「……はい」

予想はしていたのだろう、戸惑うことなくアレスは正眼の構えをとる。その視線は真剣そのものであり、先程のおどおどした感じは微塵《みじん》もない。

「遠慮はいらん全力でこい」

まずはアレスの現在の実力を見極める。

いつか現れるかもしれない魔王。そんなのと戦う運命にあるアレスに俺がしてやれることは何か。

簡単だ、戦う術《すべ》をできるだけ身に付けさせるだけ。俺が冒険者として培った技、持っていけるだけ持っていくといい。

だが聖女だろうがなんだろうが絶対にアリアメルを連れてはいかせん。

アレスが真正面から踏み込んできて木剣を振るい、俺はその動きを観察する。

上段、突き、横薙ぎと繰り出される剣技は、確かに三ヶ月前に初めて剣を握った素人のものとは思えない速さと鋭さだ。

だが動きが直線的で一撃が軽い。動きのかたも一撃の軽さも突き詰めれば経験不足からくるものだろう。

一撃が軽いのは相手を傷つけることに対する忌避《きひ》感からくるものか。アレスには悪いが慣れてもらうしかないな。

暫《しばら》くの間は俺からは攻撃せずにアレスの振る木剣を受け流し続け、頃合いをみて弾き飛ばす。

アレスは木剣を取りに行くことなく、肩で息をしながらその場にへたり込む。

「ここまでだ。明日は朝から冒険者ギルドに行って、冒険者として登録してから適当な依頼を受けてもらう。今日のところは夕飯を食べたら早めに休め」

アレスは呼吸を整えてから「はい！」と返事をした。

「あの……少しいいですか？」

「あん？　どうした？」

家に入る前に二人で庭の片付けをしているとアレスが遠慮がちに話しかけてくる。

「グレイさんの冒険者ランクはB……なんですよね」

「ああ」

まあ正式にはB＋だが。

「その……Bランクの人って、皆グレイさんみたいに強いんですか？」

「いいや。まちまちだな」

何人か俺と同じBランクの冒険者の顔を思い浮かべながら答える。最後にガンザスの暑苦しい面を思いだして少し溜め息がでた。アイツ明日も絡んできそうだな……想像するだけで面倒くせえ。

「グレイさんが倒したロンディって聖騎士には、僕の実力を確かめるために、といってよく訓練所で模擬戦をやらされました。手も足もでなくて、嗤われながら何度も殴られ踏まれては唾を吐かれました」

……やっぱりあの性犯罪者は去勢したうえで殺しといて正解だったな。去勢したのはハルサリアだが。

「負ける度に『こうなってるのも全部お前が弱いせいだ』と言われました。大切な人達と無理矢理引き離されてなんでこんな目にあわなきゃいけないんだってずっと思っていました」

下を向いてそう話していたアレスが顔を上げて俺を真っ直ぐに見つめてくる。

「僕も冒険者になれば強くなれますか？　……そうすればまたミア達と一緒にいることができるんでしょうか？」

ミアというのはアレスの話していた孤児院の仲間だろう。しかし……答えづらい質問だ、アレスが強くなるのは間違いない。流石勇者というべきか、この大人しくちょっと内気な青年はダイアモンドの原石だ。

昔の……そうだな、冒険者になって二年目の頃の俺と今のアレスが戦ったら、確実にアレスが勝つだろう。このまま成長を続ければ、そう遠くない未来には今の俺を超えるかもしれない。

だが、アレスがミアや他の仲間達と一緒にいることができるかどうかは……。

コダールの孤児院がちゃんと残っていればそれでいいが、たとえ孤児院がなくなっていたとしても口封じに殺されてさえいなければ……例えば、もし生きていて違法に奴隷にされているんだったらその奴隷商を殺してしまえば済む。

本来、正式な理由もなく人を奴隷にすることは、奴隷という制度が認められている国でも禁止されている。それはエルフやドワーフ、獣人らにも適用される。

他にもストリアのように奴隷制度そのものを禁止している国もある。

つまり孤児院の子供を奴隷にするような奴らは等しく犯罪者だ。人の人生を食い物にするような奴らに相応《ふさわ》しい最期を用意してやる。

だがそれも情報屋からの報告次第だ。現状では俺が何を言っても気休めにしかならん。

それでも——

「ああ。だから今は強くなることに集中しろ」

俺はそんな気休めを口にした。

勇者という肩書きのためじゃなく、自身のために。

俺の言葉にアレスは大きく頷く。

片付けが終わるとアレスは夜ごはんの前に泥を落とすため、顔と手を洗いに先に家に入っていった。少し遅れて俺も家に入ると、玄関でイスカが家の奥を向いたまま立っていた。

「どうしたんだそんな所で」

「……え……あっ……グレイさん、おれとフィオの明日の稽古は……」

あ――……。

「夕方ぐらいまではアレスと冒険者ギルドの依頼をこなしてくる。帰ってきたら、夜ごはんまではアイツに稽古をつける」

「そう……ですか」

俺がそう言うとイスカの表情が曇る。

……わかっていたこととはいえ、息子のこんな顔を見るのはやはりつらい。

「夜ごはんを食べ終わって、少し休んでからイスカとフィオに稽古をつける。だから明日は寝る前に風呂に入れ、汗まみれじゃ寝づらいだろうからな」

今は余り時間のないアレスを鍛えなければならないからといって、当然、他の子達を蔑《ないがし》ろにしていい訳ではない。

「……っ！　はい！」

ぱっと顔を上げたイスカ。表情が嬉しそうなものに変わる。

「さ、夜ごはんにしよう」

「あ、今日はおれも料理を作るの手伝ったんですよ」

む、なんと……イスカの初手料理か。

「おお、そうか。それは楽しみだな」

俺はイスカの頭をワシワシと撫でながらそう言った。

「……へへへ。あ、ところでグレイさん」

「どうした？」

「手、洗いました？」

「あ、すまん……」

その後、夜ごはん前にイスカの頭に砂が少しついてしまったことについて、アリアメルに怒られてしまった……。


次の日、朝起きてアリアメルと朝ごはんの準備をする。イスカとフィオはまだ起きてこない。ニナ、ステラ、ラッツは当然まだ爆睡中だ。寝る子は育つ、良いことだ。

「グレイさん、そこのトマトを取ってもらえますか？」

「ああ。ほら」

「ふふ……ありがとうございます」

アリアメルが後ろで縛った長い髪を揺らしながら柔らかく微笑む。

「ああ。……ん？」

その時、後ろの方から視線を感じたので振り返ると、アレスが物凄く気まずそうな顔で此方を見ていた。

「おはようアレス」

「おはようございます」

「あ……えと、はい……おはようございます……」

俺とアリアメルが挨拶をすると忙《せわ》しなく目を泳がせながら返してきた。……なんでちょっと挙動不審《きょどうふしん》なんだ？

「ごはんの準備はまだできないから先に顔を洗ってこい」

「は、はい行ってきます！」

背中を向けドタドタと走っていくアレスを見ながら首を傾げる俺とアリアメル。

「どうしたんでしょうか？」

「さあな」

まあ、年頃の男の子だしいろいろあるんだろう。余り詮索《せんさく》するのも悪いよな。そう結論付けて料理を再開しようとすると、今度はフィオがキッチンへ入ってくる。

「おはよ、グレイさんアリア姉」

「ああ、おはよう」

「おはようフィオちゃん」

「ねえ、ところで今アレスさんが凄い慌てて走って行ったんだけど何かあったの？」

不思議そうにそう聞いてきたフィオに先程のことを説明すると、どこか納得した表情で
「あー……なるほど」

と言って俺とアリアメルを交互に見る。……なんだ？

「もう一つ聞くけど昨日の夜ってアリア姉、グレイさんの部屋で寝た？」

「うん。ニナ達の夜のおトイレのこともあるし、暫くはその方が良いかと思って」

そう……ラッツも男の子だ、そういうのは恥ずかしいだろうし、うまく隠したつもりだったのだが、ラッツが漏らしてしまったことはアリアメルにはあっさりとバレてしまった。

そのことを二人で話し合い、予防策として暫くの間は五人で寝ることに落ち着いた。

因みに、俺が身体強化魔法を使いトイレに連れて行く案を出したが、全く意味がないということで却下された。

アリアメルの話を聞いたフィオは少し考えて
「うん、これは間違いなく勘違いされてるな。うーん……まあ、別にいっか。私ちょっと

イスカを起こしてきますね」

一人で勝手に答えを出してからイスカを起こすため、二階へと上がっていった。

「朝から一体なんなんだ？」

「さあ……？」

「……取り敢えず料理の続きをするか」

「そうですね」

そうしてアリアメルと二人で朝ごはんの準備に戻った。途中、イスカとフィオが二階でバタバタして、その音で起きたニナ達が寝ぼけたまま下りてきて三人の顔を洗うのにまた一騒動あった。

朝からいろいろと騒がしかったが、皆でテーブルを囲んでの食事はやはりとても良いものだ。

フィオに怒られるイスカ。

ニナの口を拭くアリアメル。

ラッツの皿に自分の苦手な物をこっそりのせるステラ。

一人でいた頃は朝なんて食べないことも多かった。食べても、冒険者ギルドで依頼を受けて、街から出る途中で果物や串焼きを買って移動のついでに……とかだったし。

今では、この騒がしさがないと一日が始まらない、そう思っている。

ふとアレスの方を見ると、食事の手を止めて皆のやり取りをじっと見つめていた。その目は羨ましそうで、寂しそうで、どこか遠くを見ているような感じがした。

「アレス」

「……え、はい」

「食事が終わったら俺と一緒に皿洗いだ。この家に住む以上は家族として何かしらの仕事をしてもらう」

「……家族」

アレスは驚いた顔で小さく繰り返した。

「あれしゅ、ニナもてつだってあげる！」

「だそうだ。ニナもステラもラッツもお皿を運ぶのが得意だから安心して任せられるな」

俺の言葉にニナは得意げな顔をして、ステラは「任せて」とサムズアップをし、ラッツはフォークを咥《くわ》えたままニコニコと笑いながら頷いた。

イスカとフィオは目を合わせて頷く。きっとこの二人なら何も言わなくてもニナ達のフォローをしてくれるだろう。

その光景を見ていたアリアメルは

「はい、それじゃあお任せしますね。その間にお昼のお弁当の準備をしておきます」

そう言って微笑む。

そして

「……はいっ」

アレスは少しだけ嬉しそうに返事をした。

片付けを終わらせてからアレスと二人で冒険者ギルドへ。

その途中で、冒険者としてアレスを登録するとして、ストリア聖国がアレスの捜索をしている可能性もあるので偽名を使うべきか……という話をした。

「でも偽名で登録するって大丈夫なんですか？」

隣を歩くアレスが少し不安そうに聞いてくる。腰には先程武器屋で購入したショートソードを下げている。

俺が昔使ってた剣をやってもよかったのだが、あれは、将来イスカが冒険者になった時に渡すつもりだからな。

「冒険者にはそういう奴は少なくない。ただ、基本的に一部の例外を除いて一度登録した名前を変更することはできないから、冒険者を続けるなら一生その名前と付き合っていくことになる。どうするかよく考えて決めろ」

「そう……ですね」

名を、過去を捨て一から人生をやり直そうとする奴は少なからずいる。そういう奴が冒険者になることもある。成功するかは別問題だがな。

悩んでいるのか、静かになったアレスと暫く歩くと馴染みのある建物が見えてくる。

「着いたぞ」

俺の言葉を聞いて冒険者ギルドの建物を見上げるアレス。

「ここが……冒険者ギルド」

「さっさと入るぞ、早めに登録して今日中にいくつか依頼をこなしたい」

俺がついてるうちにある程度の実績を積ませたい。恐らく、今のアレスはホブゴブリンやオーク相手なら一対一でも余裕で勝てるだろう。だが、やはりゴブリンの群れのような一対多数での戦闘も経験する必要もある。

パーティについてはアレスの状況から考えると大分厳しい。今のアレスは冒険者に登録したての新人《ルーキー》だ。その状況でいきなりパーティに誘われることはないだろうし、もし誘われたとしてもソイツらのことを信用できない。

というか、この街だと俺が一緒について回る時点で無理だ。

冒険者ギルドへ入るとアレスを受付へ並ばせて、待っている間に依頼を物色する。

といっても、ホブゴブリンやオークの依頼はD＋から上のランクしか受けられないから、常駐依頼であるゴブリン討伐ぐらいしかない。

ウルフ系の魔物は集団戦には丁度良いが、生存本能からか余りにも実力が違う相手には襲ってこないから、俺が一緒にいると避けられる。

……あれ、もしかして俺邪魔か？

「グレイさん。登録終わりました」

後ろから声をかけられ振り返ると、嬉しそうに冒険者カードを見せるアレスがいた。そのカードにはアレスの名前とランクが記されている。

「ああ。名前は変えなかったのか」

「はい、この名前は顔も見たことのない僕の両親が唯一くれたものですから……」

「……そうか」

アレスがどんな経緯で孤児院に暮らすことになったかはわからない。アレスの両親がどんな想いで我が子と別れることになったのかも。

そしてそれはイスカ達にも言えることだ。

「……」

「グレイさん？」

「ん？　ああ、悪い。初めての依頼だ、手始めに常駐依頼のゴブリン討伐を受ける。ゴブリンとの戦闘経験はあるか？」

「この街にくるまでの間に何度かあります。あとは、オークとも戦いました」

なら、細かいことは移動しながらでもいいかと思い、依頼書を持ってアレスとサシャの列に並ぶ。取り敢えず依頼そのものはアレスに受けさせて、サシャに詳細は伏せて説明するか。ベテラン冒険者が新人の育成をするということにすればいいだろう……普通にその通りだし。

「おい、なんだそのガキは？　ああ、もしかしてボッチのグレイさんはあまりのパーティメンバー欲しさに、とうとう何も知らない新人を騙して仲間にでもすんのかよ？」

もう少しで俺達の順番がまわってくるというタイミングで、昨日予想した通り、手に依頼書を持ったガンザスが絡んできた。

「あ？　見てわかんねぇのかよ？　新人の育成に決まってんだろ。相変わらずテメェは目も耳も口も節穴だな。いやぁどっかの自称Bランクパーティのレベルが余りにも低すぎてよ……この間なんか、たかだかエルダーオークの首を渡されたくらいで腰を抜かしたんだぜ、信じらんねえだろ？　このままじゃ冒険者全体の質に関わっちまうからなぁ……俺も動かなくちゃならなくなったんだよ」

「っだとテメェ！」

いつものように顔を真っ赤にして怒る。

「……え……えと」

俺とガンザスのやり取りにアレスは焦った顔でおろおろしている。

「おいリーダー、遊んでないで早くいこうぜ。折角何日も前から準備したんだからよ」

「ぐ……チッ、わかってるよ」

ガンザスは『血斧』のメンバーに止められ、こっちを睨みながら舌打ちをしてギルドから出ていった。

手にエルダーオーク討伐の依頼書を持って。

ま、せいぜい頑張んな。

「グ……グレイさん今の人は……？」

暇人《ガンザス》が『血斧』のメンバーと冒険者ギルドを出ていくと、アレスが恐る恐る尋ねてくる。

「かまってちゃんだよ。毎度毎度ああして絡んでくるんだが何がしたいのやら」

「はあ……変わった人……なんですね」

本当にな。……もしかして今回絡んできた理由って、エルダーオークの初討伐に行くことを知らせに来たとかじゃないよな？

もしそうだとしたら……やっぱりかまってちゃんじゃねえか。

そうこうしてたら順番がまわってきたのでアレスにゴブリン討伐の依頼を受けさせる。

「あら……さっきの新人さん。グレイさんとお知り合いだったんですね」

サシャは人差し指でメガネの縁を上げながら俺とアレスを見る。

「まあな。少しの間、俺がアレスの教育係だ」

「そうですか。いきなり討伐依頼なんて……と思いましたが、グレイさんがついてるなら安心ですね」

サシャは軽く頭を下げ、いつものように表情を変えずにそう言った。……ああ、いや、よく見たら少し笑ってるな。

「……はい、それではお気を付けて。グレイさん、アレスさんを宜しくお願いします」

その言葉に「ああ」と返事をしてアレスの初依頼へと向かった。

道中の会話でアレスに魔法について聞いたら、ストリアにいた時に教師をつけられ、一応学びはしたそうだが全く使うことができなかったと言っていた。

脳筋系の勇者なのだろうか？

もしくは本人やその教師が気付かないような魔法なのかもしれない。……剣からビームとか。

「ストップだアレス」

「……グレイさん？」

バストークを出てアレスと歩いていると、妙な気配を感じたのでその場で立ち止まる。

不思議そうに此方を見るアレスに目配せをして屈《かが》むように指示をすると、アレスは突然のことにも慌てることなく、無言で頷き指示通り身を屈める。

そのまま草に隠れて待っていると、向こうの方から子供ぐらいの身長に緑色の肌、そして醜悪《しゅうあく》な面をしたゴブリン三匹が歩いてきた。

その三匹は俺達に気付くことなく、バストークの街がある方向へと静かに歩いて進んでいる。

「アレス。あの三匹が俺達の近くまで来たら殺せ。アイツらが抵抗をしたり声を出す前に速《すみ》やかに、だ」

小声でそう伝えるとアレスは剣に手をかけ、真剣な顔で先程と同じように頷く。

そしてゴブリン達が近くまで来たタイミングで、剣を抜きながらアレスが飛び出していった。


結果は上出来だった。

ゴブリン達は声を上げることも、武器を構えることもなくアレスによってその命を散らされた。だが少し気になることもある。

「ど……どうでした？」

アレスは緊張した面持《おもも》ちでそう聞いてきた。

「ああ、特に問題はない。……しかし、昨日俺と稽古してた時と動きが全く違うようだが？」

直線的な部分は変わらないのだが、昨日感じた相手を傷つけることに対する忌避感が全く感じられない。ただ当たり前のことを淡々と行っている……そんな感じだ。

そのことをアレスに伝えると

「本当は、稽古とはいえ目の前の相手を傷つけてしまうかもしれないと考えると凄く怖いんです。でもゴブリンやオークみたいな魔物に剣を向けても何も感じなくて……」

魔物相手だと何も感じない、か……もしかして勇者としての特性のようなものなのだろうか？

まあ、人を傷つけるのと魔物を殺すのは全然違うか。

相手が悪人だとどうなんだろうか……いや、ストリアの連中との稽古でも本気がだせないなら変わらないか。

だが人間相手の実戦経験は必要だ。いざという時に躊躇《ためら》ってしまうようだと命がいくつあっても足りん。

どこかに手頃な盗賊でもいねえかな？

だがその前に。

「行くぞ」

「え？」

俺が先程ゴブリン達がやってきた方向へと歩きだすと、アレスが慌ててついてくる。

「さっきのゴブリン達は恐らく何処かの群れの偵察だ。ああして少数で人の暮らしてる町や村を、襲えそうかどうか調べて回っているんだろう」

いくらなんでもゴブリンがバストークなんか襲えるわけないが。まあ、それを直接目で見て確かめるための偵察だ。

多分、街の外壁を見た時点で帰るだろうがな。

「……でもそれなら、放っておいても危険はないのでは？」

「バストークが襲われなくても他の町や村が襲われる可能性がある。それにお前の実戦訓練にもなるし」

そして何より……

「一度でもバストークに目をつけたってことは、子供達を狙ったも同然だ。ゴブリン如きがよ……ホブだろうがウォーリアだろうがキングだろうが」

この時アレスが俺の顔を見て少しビクリと肩を震わせた。

「殺す。アレスが」

「え」

俺がやったら意味ないからな……。

何か言いたげなアレスを連れてゴブリン達が歩いてきた方向へと進む。

「いたな。ゴブリンどもだ」

予想通りゴブリンを発見して近くの岩場に身を潜める。

「あの……数、多くないですか？」

俺達の視線の先には目算で五十を超えるゴブリンの群れ。しかも中にはホブはもちろん、ウォーリアにジェネラルまで……。

ゴブリンジェネラルは単純に戦闘能力でいえばエルダーオークやオーガの上位種であるハイオーガにも引けを取らない。ただゴブリンは能力にムラがあるので、すべての個体がそうとは限らないが。

身長二メートル以上で筋骨隆々の体躯《たいく》のジェネラルが腕を組み岩に偉そうに座っている。その背中には立派なグレートソードを背負っており、そのジェネラルの左右にはウォーリア二体が各々《おのおの》武器を手に立っていた。アイツらは自分達で武器を打ったりはしないので何処かの冒険者か商人あたりから奪ったのだろう。

見たところキングはいないようなので、あのジェネラルがこの群れのボスか。

ジェネラル1、ウォーリア2、ホブ4に残りはすべて普通のゴブリン。先程はああ言ったが流石にアレス一人じゃ無理だな。

ジェネラルとウォーリア……それにホブも何体かは俺が殺《や》るか。少し過保護かもしれんが今回だけだ。次はたとえワイバーンが出ようともギリギリまでは殺ってもらう。

「アレス。ちょっと数が多いから俺も手伝う。あの偉そうなのと左右の取り巻きにホブを一、二体は俺が持つから残りは殺れるか？」

「えと、あの数をですか？」

「ああ。今回はお前に身体強化を掛ける。それに、最初に俺が注意を引き付けるから、奴らに気付かれる前に外側からできるだけ数を削っていけ。ゴブリンどもは勝てないと悟ると逃げ出す奴が多い、だから……」

「あ、なるほど。そうして倒したやつと逃げたやつで数を減らしてから、残りのやつと戦えばいいんですね？」

納得したような顔になるアレス。

「何を言ってるんだ？　違うぞ、一匹たりとも逃がすなと言うつもりだったんだが」

「え」

群れを壊滅させられた魔物はゴブリンじゃなくともそれまで以上に人に強い怨みを持つ。そういう奴らは学習し、進化してさらに人に害をなす存在になる。わざわざ追い詰めた魔物を見逃すなんて行為は百害あって一利なしだ。

逃した魔物が特殊個体だったりして、厄介なスキルに目覚めようものなら目も当てられん。

「じゃあ行くぞ」

「あ、ちょ……」

群れのボスであるゴブリンジェネラルは、偵察に向かわせたゴブリン達が戻ってくるのを腕を組み静かに待っていた。

昔、ジェネラルのいた群れは、当時まだホブだったジェネラルを除き、人間達に皆殺しにされた。

ジェネラル自身はそのことを怨んではいない。しかし、だからといって人間を襲わないわけではない。自分達だって人間の集落を滅ぼしたことがある。

ゴブリン達にとって群れを大きくすること、人を襲うことに理由なんかないのだから。

なかなか戻ってこない偵察に、群れ全体がイライラし始めたその時である。

配下のゴブリン達が突然騒ぎだしたのでそちらに視線を向けるジェネラル。そこには肩に剣を担いだ人間の男が立っていた。

何故ここに人間が？　そんな疑問を思い浮かべる間もなく、男はゴブリン達を軽く見渡すとハッと鼻で笑い不敵な笑みを浮かべる。それがゴブリン達にはとても不愉快だったようでギャアギャアと鳴き声を上げる。

「臭えと思ったらやっぱゴブリンか。来いよ、遊んでやるからよ」

男が手でかかってこいと挑発しながらそう言った。男……グレイはまるで偶然見つけたかのような口振りで話す。ゴブリン達が人の言葉がわかるかは微妙だが、グレイの行動で馬鹿にされていることがわかると、ゴブリン達は地団駄《じだんだ》を踏んだり、地面に武器を叩きつけたりとさらにヒートアップする。それでも襲いかかっていないのはジェネラルを恐れているからである。

グレイは視線を動かさず、アレスがゆっくりとゴブリン達の後ろへ回りこんでいるのを確認すると、ジェネラルへと歩いて近寄る。

ジェネラルの左右にいたウォーリア達が武器である槍と戦鎚《バトルハンマー》を構え前へと出てくる。

この時ゴブリン達は、これで目の前の男がウォーリア達に負けて無様に命乞いをする……そう思っていた。

槍を持ったウォーリアが一歩踏み込んで鋭い突きを放つ。だがグレイはそれを、体を横へ捻りながら避けて槍の柄の部分を掴み引き寄せる。

「遅え」

そう言ってウォーリアの首を刎ねた。

次に戦鎚を振り上げたウォーリアとの距離を詰め、腕を掴む。ゴキッという鈍い音が響くとウォーリアは手に持っていた戦鎚を落とす。だが悲鳴を上げることはなかった、そのために必要な頭を既に失っていたのだから。

ウォーリア二体が瞬殺されたことでゴブリン達は大きな衝撃を受けた。そしてその隙にアレスが後ろからゴブリン達を襲撃する。一匹、また一匹と斬り伏せながら、アレスはグレイとジェネラルの戦いが見られないことを心の何処かで残念に思っていた。

アレスが戦い始めたのを確認したグレイはジェネラルと向き合う。

ジェネラルはゆっくり立ち上がり、背中のグレートソードを抜いて構える。その顔からは配下を殺された怒りと、強い者と戦える喜びが見て取れた。

(ハッ……武人みてえな面構えしやがって)

変なゴブリンだと思ったが、どうせ殺ることは変わらないと、グレイも剣を構えた。

張り詰めた空気の中で少しの静寂が訪れる。そして静寂を破ったのは、ジェネラルとグレイが同時に地面を蹴る音だった。

グレイ達を取り囲んでいたゴブリンのうちの一匹の背中に生温かい液体がかかり、ギッ……という仲間の声が聞こえたので後ろを振り返る。そこには仲間の死体と、美しい金髪を揺らしながら無表情で剣を振るうアレスの姿があった。

(凄い、これがグレイさんの身体強化魔法か……)

ゴブリン達を容赦なく後ろから斬りつけながらアレスはそう思った。

そして、背中を向けた相手を後ろから一方的に攻撃する。人間相手なら間違いなく躊躇うであろう行為も、相手が魔物だと何も感じない自身に少し驚いていた。

（騎士の人達相手にこんな戦い方したら、絶対卑怯だなんだって文句を言われたんだろうな）

アレスがストリアの騎士に教わった戦い方は正面から斬り込む……ただそれだけである。

しかし、常に正々堂々・潔癖を謳《うた》う騎士達は一方で、上の命令で少女を攫おうとし、さらにはその家族を口封じに殺そうとした。

コダールの仲間達のことを思い浮かべながら、湧き上がる不安を振り払うようにアレスは剣を振るった。

その直後、何かが地面に倒れる音が辺りに響く。倒れるジェネラルに背を向けたまま剣についた血を払うグレイ。戦いに決着がついたのだ、グレイの勝利によって。

（片腕を飛ばしても全く諦める気配はなかったな）

途中、左腕を斬り落としても全く諦める様子はなく、それどころか嬉しそうな顔をして、残された右腕一本でグレートソードを振るっていた。

やっぱり変なゴブリンだったな……と思いながらアレスの方を見ると、リーダーであるジェネラルが倒されたことで逃げ出そうとしたゴブリンを、背中から斬っているところだった。

（ホブは何体か俺が殺ろうと思っていたが必要なさそうだな。実戦経験は殆どないはずなのに躊躇いが全くない。これなら数日もあれば……）

途中、グレイが襲いかかってきたゴブリンを何匹か斬り捨てると、アレスの方も終わったみたいで肩で息をしている。

辺りはゴブリン達の流した血で染まっていた。

「よし、ゴブリンの死体から耳を削いで集めろ」

「……ぅ……はい」

グレイとアレスは手分けしてゴブリンの耳を集めていき袋に詰める。最後にグレイはジェネラルの首を持ち上げ、そのままマジックバッグへ。

「え……グレイさん一体何を？」

「ククク……これは土産だ」

普段より悪い顔でグレイがそう言う。アレスは誰に？　と思ったが何か怖くて聞くことができなかった。

𝕭

こうしてゴブリンの群れを討伐して冒険者ギルドへと戻っている最中にふと思ったんだが……この耳全部アレスに提出させたら俺、もしかして怒られるんじゃないか？

新人冒険者を初めての依頼でゴブリンの群れに放り込んだ外道みたいに言われないよな？

不味いかもしれない。何が不味いって……誤解じゃねえのが不味い。

俺が黙って考えこんでると、アレスが不思議そうな顔をしてこっちを見ていた。

「アレス……一つだけ言っておく」

「？　はい」

俺はアレスに銀貨二枚を渡す。

「俺は多分サシャに怒られるから、ギルド内にある酒場でミルクでも飲みながら時間を潰しててくれ」

「え」

その後、怒られこそしなかったものの、サシャに呆れた顔をされた。

「……これ、アレスさんの手柄にしてしまうと、冒険者ランク即日アップとかになってしまいますよ？」

「疑っているようだが……確かにサポートはしたが、倒したのは間違いなくアレスだぞ」

俺がそう言うと、サシャは袋から大きく尖った耳を二つ取り出す。

「ゴブリンウォーリアもですか？」

「……」

「はい、じゃあこれはグレイさんの査定に入れときますね。……まあそれでも、アレスさんはランクアップなんですけど。じゃあ手続きしますからアレスさんに伝えといてください」

これ、ワイバーンの討伐証明なんて提出したら何言われるかわからんな。

それに……

「俺の査定にしても意味ねえだろ」

「そうですね。それじゃあ今回こそ受けますか？」

「……いらん」

溜め息をつきながら酒場へと向かうと、アレスが左右に座っている女性冒険者二人に何か話しかけられている。しかも距離がやたら近い。

これは……勧誘されている？

「ねえねえボウヤ可愛いじゃん。ワタシ達と一回組んでみない？」

そう言いながら浅黒い肌の踊り子風の女が体をアレスに密着させる。

「そうそう。君、新人でしょ？　お姉さん達Dランクだからいろいろな依頼に連れていってあげるよっ」

今度は黒いローブを着た魔法使い風の女がアレスに顔を寄せる。

一方、アレスはというと縮こまり俯いている。

うーん……一応助けた方がいいのか？

俺が腕を組んで悩んでると、こっちに気付いたアレスが視線で助けを求めてきた。

仕方ない……ゴブリン相手にはあんなに強かったのにな。

「待たせたなアレス。それじゃ帰るか」

「あ……はい！」

「げっ……グレイじゃん……」

「うぇっ?!　この子グレイの連れだったの？」

ぱぁっと明るい表情になるアレス。一方、顔色を真っ青にした女性冒険者の二人はそそくさと退散していった。……ビビりすぎだよ畜生。

「なんか……助けるんじゃなかった」

俺は溜め息をつきながらそう言った。

「え」

B

「ぅぅぅ……カーシャの鬼ぃ……な、なんて言えばいいんだ？　いきなりお土産を持って押し掛けるなんて……」

家に帰ると玄関前にエミリアがいた。その手には紙袋が握られていて、手に持った紙袋と我が家の扉を交互に見ながら何やらブツブツ言っている。

「何やってんだ?」

「ふあっ?! グ……グ グ、グレイ?! どどっ……どうしたんだ偶然だな!?」

それ、人ん家《ち》の玄関前で言う台詞《せりふ》じゃないだろ。

「あー……うん、そうだな」

冒険者パーティ『戦乙女』といえば王都にも名を轟《とどろ》かせる程である。女性ばかりのパーティで数々の高難度の依頼を達成し、ついこの間は長いこと未攻略だったダンジョン、『花の庭園《ガーデン》』を攻略したことでさらに有名になった。

Sランク間近でメンバーが美人揃いなのも相まって貴族や豪商、噂じゃ王族からも注目されているとか。そんな『戦乙女』のリーダーであるエミリアが俺達の目の前で挙動不審な行動をとっている。

エミリアのこんな姿、ファンに見られたらどうなるんだろうか?

「コホン……と、ところで……彼が例の?」

突然キリッとした顔になるエミリア。残念だがもう遅いぞ。

「ああ、コイツがアレス。まあ……ただの被害者だよ、ストリアの」

「そうか……」

自分の話題なのについていけなくて、視線をさまよわせるアレス。

「自己紹介がまだだったな。私はエミリア、この街で冒険者をしている」

エミリアはそんなアレスを真っ直ぐ見つめながら自己紹介をする。

「……あなたが『戦乙女』の……。僕はこの街で今日から冒険者を始めた、ただのアレスです」

アレスはエミリアの言葉を聞いて少し驚いた顔をしながら答える。

「ふむ……そうか。わからないことがあればなんでも聞くといい。冒険者の先輩として何か力になれるだろう……まあ、グレイがついているなら余計なお世話かもしれんが」

「……ありがとうございます」

そう言って頭を下げるアレス。

「立ち話もなんだし、続きは中で話したらどうだ？」

「え……あ、ちょ……」

俺がそう言いながら家の扉を開けると、少し気まずそうな顔をしたアリアメルが立っていた。俺の後ろの方では何故かエミリアがあたふたしている。

「あ、えと、お帰りなさいグレイさん。……その、盗み聞きをするつもりはなかったんですが……」

「いや、わかってる。それより、お客さんにお茶を入れてくれるか？」

家の前にずっと不審者《エミリア》がいたらな……多分、知っている顔だったけど声をかけるべきか悩んだんだろう。

「は、はい。すぐに……あっ、お弁当の箱を……」

そう言って俺の持っていた弁当の箱を受け取り、ぱたぱたと家の奥へと走っていく。

……アレスのは？

「お邪魔します……というのも、なんだか不思議な気分だな」

そのままエミリア達とリビングへ。元の持ち主としては〝お邪魔します〟と言うのは何か違和感があるのだろう。

「さて、今日はどうしたんだ？　カーシャとは一緒じゃないんだな」

エミリアと向かい合った状態でソファに腰掛ける。アレスは弁当箱を渡しにキッチンへ。

ニナ達はイスカとフィオに遊んでもらっている。

「あ、ああ……カーシャはパーティメンバーから何か相談を受けたみたいで今日は別行動だ」

「なるほど」

カーシャは昔から面倒見がよかったからな。『戦乙女』でも頼りにされているんだろう。

「あっ、そうだこれ……お土産だ。子供達と食べてくれ」

エミリアはそう言って手に持っていた紙袋を渡してきた。中にはいろんな種類のケーキが入っている。

「ん？　ああ、悪いな。アリアメルがお茶を入れてくれたら皆で食べるか。エミリアも食べるだろ？」

「いいのか？」

「当たり前だろう。皿を持ってくるから少し待っててくれ」

そう言って俺はソファから立ち上がりキッチンへ。

あ……そういえばエミリアがここへ来た理由を最後まで聞いてなかったな。まあ用事があれば向こうから切り出してくるか。

キッチンへ入ろうとすると、丁度アリアメルがトレイにお茶をのせて出てくるところだった。エミリアがケーキをくれた話をして皿とフォーク、追加のお茶の準備は俺がすると言うと
「大丈夫ですよ。お茶とお皿、フォークは私が準備します。グレイさんは他の皆を呼んできてください」

「そうか。……悪いな、折角お茶を用意してくれたのに二度手間になってしまって」

「いいえ、お茶はおかわりもできるようにポットに多めに作ってますし。お茶菓子も用意するつもりでしたからお皿とフォークも準備してありますよ」

流石アリアメル、抜かりない……。

その後イスカ達にケーキの話をすると、キラキラした瞳で俺を取り囲んで、リビングへ早く早くと引っ張る。

フィオはすぐにアリアメルを手伝いに、イスカはアレスを呼びに行った。

そしてリビングへと戻ると、ソファから立ち上がり
「わわ、私にも何か手伝わせてくれ。頼む！」

と懇願するエミリアと
「だ、大丈夫です。エミリアさんはお客さんなんですから座っててください」

と宥《なだ》めるアリアメルの姿があった。

……遠征から帰ってきてからのエミリアはどこかおかしい気がする。何か悩みがあるんだろうか？

何か手伝わせてくれと頼むエミリアと、お客さんにそんなことをさせられないと宥めるアリアメルのやり取りは、ニナ達がリビングへ入ってきてエミリアを取り囲んだことにより有耶無耶《うやむや》になった。

どうやらニナとステラはエミリアに対する警戒心より興味が勝ったらしく、近くに寄って繁々《しげしげ》と見つめている。ラッツはというと、指を咥《くわ》えて視線はケーキに釘付けになっていた。……頭撫でとこう。

「……うー……」

「ふむふむ……うん」

「……」

暫くして品定めが終わったのか、二人はエミリアの手を左右から引いてソファへと座らせた。そしてそのままエミリアの左右へ……は、座らず俺の左右へ座る。

「一瞬、認められたのかと思ったぞ……」

「いや、ちゃんと歓迎されてるぞ」

「そ、そうか？」

多分……席に着くように促《うなが》されたみたいだしな。アレスの時は品定めが終わったら、ニナ以外には見向きもされてなかったし。

そして、いつの間にか準備を終わらせたアリアメルがケーキとお茶を並べていた。エミリアが絡まれた隙に終わらせたのか……意外と強引な手段にでたな。

エミリアは何も手伝えなかったからか少し凹んでいた。……後でフォローしといた方がいいだろうか？

早速エミリアが持ってきてくれたケーキを美味しそうに頬張る子供達を眺める。どこからどう見ても天使だな。

「ほら、ついてるぞ。美味しいか？」

ニナの頬についたクリームを拭きながらケーキの感想を聞いてみる。

「うんっ」

ニコニコしながら元気良く答えるニナ。

「そうか。……ん？」

ふと視線を感じたのでそっちを向くと、優しく微笑んでいるエミリアと目が合った。

「な……なんだ？」

「ふふ……いやなに、本当にお父さんしているのだなと思ってな」

「本当にって……」

一体どういう意味だ？

「ああ、勘違いするな。別に意外だとか、似合ってないという訳ではない。むしろ、今のグレイは今までで一番らしいと思うぞ」

「う……そうか」

なんか恥ずかしい。

「おとーしゃんおかわりっ」

「パパわたしもーー」

ニナとステラがケーキのおかわりを要求してきた。ラッツも綺麗になった皿を差し出してコクコク頷いている。

三人とも余程美味しかったのか瞳をキラキラと輝かせている。

「あー、俺のやつでよければあげたいんだが」

そう言ってアリアメルの方を見ると、困ったような顔で笑っていた。

夜ごはんのこともあるし、どうしようか悩んでいるのだろう。

「んー……もう、今日だけだよ？」

少し悩んでいたようだが結局、甘やかしてしまうようだ。アリアメルも甘いな……でもわかるぞ、その気持ち。

「じゃあステラちゃん、はい」

アリアメルがステラの皿にケーキを半分のせる。

「じゃあ私もだ、ほら」

「ん、ちゃんと夜ごはんも食べるんだぞ」

エミリアがニナの皿に、俺がラッツの皿にのせると、三人は嬉しそうにぱくぱく食べ始めた。どこからどう見ても天……ん？　何回言うのかって？　何回でも言うぞ、当然だろうが。

「あ、じゃ……じゃあおれのも……」

「あ、ほんと？　それじゃ遠慮なく」

「あー！　何すんだフィオ！」

そう言ってイスカがお兄さんっぽく少し残ったケーキの皿を出した瞬間、隣に座ってたフィオがそれをフォークで自分の口へ放り込む。イスカが何か抗議しているが……フィオの頬が少し赤くなっていることは言わないでおこう。

そして、食べ終わったニナが立ち上がりエミリアの方へぱたぱたと歩いて近寄る。

「うん？　どうしたんだ？」

「おねえちゃありがとっ（にこーっ）」

「はうっ?!」

ニナ渾身《こんしん》の笑顔に膝を突きそうになるエミリア。……凄いぞニナ。まさかバストーク最強の冒険者であるエミリアまで堕《お》とすとは……。

そのままエミリアは子供達と遊んでくれて、夕食の準備も手伝ってくれた。まあエミリアは料理ができないから、皿を並べてもらったり、料理を運んでもらったりと、いろいろやってもらった。

思えば『一振りの剣』でまともに料理が作れたのは俺とロイだけだったな……。なので、俺とロイは料理担当と斥候《スカウト》担当を日替わりでやってた。


夕食を食べた後には子供達とエミリアは大分仲良くなっていた。

今も子供達とエミリアとでトランプのババ抜きをしている。……エミリア、トランプ弱いな……ジョーカー引きすぎだろ。

さて……そろそろ風呂に入るか。エミリアはどうするんだろうか、一応聞いてみるか。

「エミリア、今日は泊まっていくか？」

子供達も楽しそうにしてるし。そう思ってエミリアの方を見ると、トランプをとるポーズのまま此方を見て固まっている。

「……え、泊ま……え……!?」

あ、またジョーカー引いた。

最初は帰ろうとしていたエミリアだったが、ニナとステラに説得されてあっさり陥落し泊まることに。気持ちはわかるぞ。

トランプが終わり、俺と子供達が風呂から出て今はエミリアが風呂に入っている。先に入ってもらおうと思ったら頑《かたく》なに「わ、私は最後でいい」と譲らなかった。

「……んー……」

ニナが目を擦りながら頭を擦り付けてくる。

「眠いなら無理をするな。ベッド行くか？」

「……や、えみりあおねえちゃまつ……」

エミリアが出てくるまで待つ、と頑張って起きていたニナだったが、睡魔には敵《かな》わなかったようで俺の膝に頭をのせて寝息をたて始めた。既にラッツは俺が抱っこした状態で、ステラはアリアメルの膝の上で寝ている。隣ではイスカとフィオもお互いにもたれ掛かる形で寝ている。

「しょうがないな……」

「ふふ……そうですね」

隣でアリアメルがステラの頭を撫でながらそう答える。因みにアレスはというと、先程から置物のようにピクリとも動かず空気になっている。　どうしたのだろう……？

その時リビングの扉が開き、アリアメルのパジャマを借りたエミリアが入ってきた。やっぱりパジャマが少し小さかったか……まあ身長差もあるし仕方ない。

その瞬間、置物になっていたアレスがスッと立ち上がり「おやすみなさいっ」と言って二階の寝室へとダッシュで上がって行った。

余りの勢いにエミリアがポカンとした顔で立っていたが、すぐに我に返り。

「その、お風呂貸してくれてありがとう。それと……その、恥ずかしいからあまりジロジロ見ないでくれ」

と言った。

「あ、ああ。悪……――」

「……綺麗」

エミリアに謝ろうとしたタイミングで、隣にいたアリアメルがそう呟いた。小さな声だっ

たがエミリアには聞こえていたようで
「き……綺麗だなんて……」

と照れている。

少し上気《じょうき》した頬、しっとりした長く美しい金髪と切れ長の瞳。目の前でもじもじしているエミリアは確かに綺麗だった。

エミリアは容姿を褒められても無視をするか「そうか」と短く返すだけで、こうして照れたり嬉しそうにしてるところを見たことがな……いや、昔、一度だけ赤いドレスを着たエミリアを褒めたら、ドレスに負けないくらい赤くなって照れていたな。

「……どうした？　珍しくぼーっとして」

いかん、少し考えこんでいたか。

「……いや、そろそろ子供達をベッドへ連れていくか」

「そうですね、じゃあ私はステラちゃんを連れていきますね」

アリアメルはそう言って膝の上で寝ていたステラを優しく抱き上げる。

「ああ、俺がラッツと……」

「あの、ニ……ニナは私が連れて行ってもいいか？」

エミリアが距離を詰めながらそう言ってくる。

「わかった、それじゃあ頼む」

俺の膝の上で寝ていたニナをエミリアがそっと抱き上げ、腕の中で眠るニナに優しい表情を向ける。……エミリアも完全に堕ちたか。

エミリアにはアリアメルの部屋に泊まってもらい、アリアメルは俺の部屋で……と思ったら。

「グレイさん、今日は私の部屋でニナとエミリアさんと寝ようと思うんですが」

アリアメルがこうして自分の意見を言ってくることは珍しい。

「ん、二人が構わないならいいんじゃないか？」

「うん、もちろん構わない。……ん？　今日は……？」

一瞬、エミリアが何かに引っ掛かったような顔になる。

「それじゃあエミリアさん。二階へお願いします」

「え、ああ。任せてくれ」

エミリアは何か考えこんでいたが、アリアメルの言葉にハッとしてから二人……まあ正確には四人で二階へと上がっていった。

それからステラを俺の部屋へと連れて行き、その後でイスカとフィオがそれぞれの部屋へ。

俺がラッツと寝室に入ろうとすると、隣の扉からエミリアが顔をだしてきた。

「グレイ……その……」

「どうした？」

「いや、その……お、おやすみなさい。それだけだ」

それだけ話すとエミリアはすぐ静かに扉を閉めた。

「……おやすみ」

閉じられた扉に向かって俺はそう返した。


次の日、朝起きてからまだ寝ているステラとラッツの頭を撫でて一階へ下りると、キッチンでアリアメルとエミリアが朝ごはんの準備をしていた。エミリアは頼まれた食材を運んでいるだけだったが。

「おはよう。二人共早いな」

「おはようございますグレイさん」

「ああ、おはよう。そういうグレイは寝坊か？」

俺が後ろから声をかけると二人はほぼ同時に振り返り、アリアメルは優しく微笑みながら、エミリアはイタズラっぽく片目を瞑《つぶ》りながら挨拶を返してくる。

……確かに最近朝起きるのが遅くなっているな。緩《ゆる》んでる？　子供達と寝ると暖かくて

つい……。

「グ、グレイ？　冗談だぞ？」

「ん？　ああ。わかってるよ。それより俺も手伝う、何をすればいい？」

「それじゃあグレイさんは野菜を切ってもらえますか？」

「ん、任せろ」

そう言って包丁を取り出し準備をしていると
「あ……切るぐらいなら私でも」

エミリアがソワソワしながら手伝いを申し出る。

「エミリアは剣以外の刃物を扱えないだろ」

「……むう、お皿並べてくる……」

そう言われてしょんぼりした顔になるエミリア。……包丁で木製のまな板を真っ二つにするから、ある意味で使えてるのかもしれないが。

そんな俺とエミリアのやり取りを見てアリアメルは少し羨ましそうに微笑んでいた。

それから皆で朝食を食べて、俺とアレスは冒険者ギルドへ、エミリアは『戦乙女』のパーティハウスへ戻ることに。家から出る際にアリアメルから弁当を三つ渡される。

「い、いつの間にお弁当の準備を……」

それは俺も気になってアリアメルに直接聞いたことがあるんだが……何故かいつも前日

には準備を終わらせていて、当日は詰めるだけって状態にしてるらしい。冷めていても美味しく食べられるメニューをリナに教えてもらったりもしているとか。

あのあとちゃんと謝りはしたが……前に、当日の朝に弁当はいらないと言ったことを凄く後悔している。

「アリアメル」

「はい。どうしました?」

「いつもありがとう。感謝してる」

「え……は、はい。……私もグレイさんには感謝してます。もちろん、皆も……ね?」

アリアメルがイスカ達に視線を向けながら、そう言う。

自主稽古をするイスカとフィオ。俺の周りをぐるぐる走り回るニナとステラ。野良猫とじっと見つめ合うラッツ。そして、何故か俺とアリアメルが会話してると距離をとるアレス。

「そうか」

俺も皆には感謝している。こうして幸せだと思える日があるのは、この子達のお陰だからな。

……しかしアレスのあの行動は一体なんなんだろうか、何か悩みでもあるのか?

「ではアリアメル……その……世話になったな。お弁当まで持たせてもらって。ニナとステラもまた遊んでくれ」

「いいえ、私も楽しかったです。またいろいろお話を聞かせてください」

「えみりあおねえちゃ、またきてね」

「またね」

エミリアが少しだけ名残惜しそうにアリアメル達と挨拶をする。大分、打ち解けてくれたみたいだな。

しかし気のせいかもしれないが、エミリアとアリアメルの間には微妙な空気が流れている気がする……というか、エミリアが一方的に気まずそうにしている。

近いうちにアレスやエミリアと一度よく話し合った方がいいかもしれない。

冒険者ギルドと新しい『戦乙女』のパーティハウスは方向が同じなので、途中までエミリアと行くことに。

「……良いものだな、家族というのは」

隣を歩くエミリアがアリアメルに渡された弁当を眺めながらそう言う。アレスはやや後ろの方から付いてきている。

「だろう」

俺がそう返すと少し間を置いてから
「うん。私も久しぶりに父様や母様、姉様に会いたくなったよ。もっとも、向こうは会いたくないだろうがな」

と、昔を懐かしむように、そして少し寂しそうにそう言った。……エミリアの実家のことは昔付き合っていた時に本人に聞いた。

エミリアの父親はとある地方貴族で、三女として生まれたエミリアは政略結婚を嫌がり家を飛び出したという過去がある。カーシャとは生まれた時からの幼馴染みで、じつの姉達より仲が良く、エミリアが家を出た時も当たり前のように付いてきてくれたそうだ。

「さて、ここでお別れだな。昨日は突然押し掛けて済まなかった」

どう返そうか考えていると別れ道についてしまった。難しいな……こういうのは他人がどう言っても気休めにしかならないし、そんなものを求めているわけでもないだろうし。

「いや、大丈夫だ。また遊びに来てくれ。子供達も喜ぶし、いつでも歓迎する」

ニナもあんなに懐いてたしな。……別に悔しくなんてないぞ。

「ああ、必ず。それでは二人共、またギルドでな」

「ああ」

「はい。また」

エミリアは小さく手を振ってから背中を向けて歩きだした。少しの間それをアレスと二人で見送る。

「俺達も行くか」

「そうですね。……あの」

「どうした？」

「グレイさんとエミリアさん。お二人の関係って……」

なんで皆いちいちそんなことが気になるんだ……？

𝕭

アレスが冒険者になって六日が過ぎた。

あれから毎日さまざまな討伐依頼をこなしている。ゴブリン、オーク、トレント……他にも盗賊や罪を犯した元冒険者ら。ランクと依頼の難易度が合わない？　ゴブリンを倒しに出掛けた先で違う魔物と偶然遭遇するなんてよくあることだぞ。ククク……まあサシャには呆れた顔をされるんだが。

アレスは日々成長していて、懸念していた人間相手の戦闘もしっかりこなせている。ただやはり、魔物相手に比べるとかなりやりづらいみたいだ。

もっとさまざまな種類の魔物と戦わせたいが日帰りだと限界がある。せめてキリオス山まで足を延ばせれば、ハーピーみたいな空を飛ぶ魔物なんかとも戦えるんだが。

ついでに、薬草の見分け方や売れる素材についてもレクチャーしている。こういう知識は冒険者にとっては結構重要だ。俺も冒険者になりたての頃はゴブリンを一、二匹と薬草を集めたりなんかして日銭を稼いでいたからな。

そして、成長しているのはアレスだけではない。イスカとフィオもである。

イスカは剣を振るう時に目を瞑る癖が直り、しっかり相手を見て動くようになった。

特にフィオは、昨日の夜にとうとう魔法を発現させた。まだ小さな魔力の揺らぎで、見た目では全然わからないため本人は

「うーん……全然だなぁ。イメージが足りないのかな？」

なんて言っていたが、この短期間でここまで成長するなんて想定外である。

嬉しいといえば嬉しいのだが……少し複雑な気分だ。

今、アレスはサシャに偶然でくわしたオークの討伐報告をしている。サシャは溜め息をつきながら処理していた。

そういえば昨日、エルダーオークの討伐を成功させた『血斧』が戻ってきた。やりきった顔で当たり前のように絡んできたガンザスに、偶然マジックバッグに入っていたゴブリンジェネラルの首を投げてやったらまた腰を抜かしやがった。

全く俺も優しいな、これで次に『血斧』がチャレンジする魔物が決まったようなもんだな。ジェネラルが倒せたら次はマンティコアの首でもプレゼントしてやるか。

そう思っていると視界の端に見覚えのある人物が映った。中肉中背の糸目の男……情報

屋は俺と目が合うと、すぐに冒険者ギルドから出て行った。

俺はアレスに、用事ができたので寄り道をして帰ると伝えてから、情報屋を追って冒険者ギルドから出る。

そして一定の距離を保ちながら情報屋の後ろを歩く。……この生活も終わりかもしれないな。

情報屋を追って路地裏へ。

「やあ。お待たせしてしまいました。思ってたより手間取っちゃいましてね」

情報屋は壁にもたれかかったまま話す。

「別にいい。それより結果は？」

「ええ。まずコダールの孤児院ですがなくなってました。孤児院があった筈の場所はフィロー商会の新店舗になってましたね」

フィロー商会？　確かこの国でも有数の豪商だったか。だが……フィロー商会の会長とその妻は数年前に事故で死亡したと聞いたことがある。詳細は知らんが。

今は身内の誰かが会長の座についているのだろう。……事故、というのも怪しいものだ。

「気になりますか？」

「……まあ豪商が他国で店を出すこと自体は珍しいものではない。今はそのことはいい。それより孤児院で暮らしてた子供達のことだ」

情報屋はどこか残念そうに「そうですか」と言った。コイツ、その情報も追加で売ろうとしてやがったな。

「それで子供達のことですが……生きてますよ、全員」

……最悪の結果は避けられたか。

「ストリアで奴隷として……ですがね。口封じに殺さなかったのは、勇者に対するいざという時の切り札にするためってところですかね」

「あ？　ストリアじゃ奴隷は禁止のはずだろ？」

「表向きはそうですね。けどあの国の貴族や一部の聖職者は普通に奴隷を囲ってるみたいですよ」

「チッ」

クソが……ある程度予想通りとはいえ不愉快な話だ。

「……それでその子供達を奴隷にした違法奴隷商《くそやろう》の居場所は？」

情報屋が肩を竦《すく》めながら「殺気、漏れてますよ？」と言った。

「奴隷商の名前はザニス。表向きは普通の商人ですが、裏では貴族や聖職者達相手に違法な商品を用意する代わりにいろいろな便宜を図ってもらっていたみたいですね」

ザニス……名前はわかった。後は俺がストリアへ行ってる間、イスカ達の面倒を見てくれる人間を……——

「そしてそんなザニスは現在、国外逃亡を図っているみたいですね」

「はあ？　なんでまた」

なんでそんな立場の奴が国外逃亡を？

「ストリアでクーデターが起こりました。処刑された貴族や聖職者と関わりの深い一部の商人や役人達も処刑の対象になってるみたいです」

「クーデターだと？　聖騎士とやらはどうした？」

ストリアには普通の騎士が束になっても敵わない聖騎士達がいた筈だ。そんな奴らがいるのにクーデターが成功するのだろうか。

いや、話には聞いていたが実際に戦った聖騎士はあのロンディと呼ばれていた男だけだ。アイツが聖騎士達の中で一体どの程度の強さなのかはわからないが、あんなのが何人も居るんだったら厳しいんじゃゃ？

「ええ。ですがクーデターには聖騎士長ライゼンを含む半数以上の聖騎士が参加していましたからね。ストリアのお偉いさんが大聖堂に集まったタイミングで護衛の聖騎士達が突然、剣を抜き大聖堂を制圧。あっという間でしたよ」

となると、そのお偉いさん達は全員処刑されたか。つまり今はザニスとかいう違法奴隷商も身の危険を感じるような状況というわけだ。

しかし聖騎士長様がクーデターねえ……。

「まるで直接見ていたかのような口振りだな」

「さあ。どうですかね？」

……相変わらず胡散臭え奴だ。だが、コイツは情報屋としては超が付くほど一流だ。

「……まあストリアがどうなろうと知ったことじゃない。それより、その国外へ逃亡しようとしてるザニスって野郎の現在の状況を詳しく教えろ」

「彼は現在、持てるだけの私財を持ってこの国へと移動していますよ」

あ？

「偶然にしちゃ随分都合のいい話だな。その私財に子供達は？」

「含まれていますよ。というか、メインはその子供達でしょう。勇者の家族は彼にとっての切り札でしょうし」

つまり、ザニスはアレスや司教達がこの街へ来たことを知っているわけか。そして……

「クーデターは勇者絡みか」

「まあ理由の一つではあるでしょうねぇ。大義名分《たいぎめいぶん》としてはわかりやすいですし」

そういうことなら待っていても向こうからやってくるということだ。

じゃあ待つか？　いいや駄目だね。折角この街へと来てくれてるんだ……ちゃあんとこっちからお迎えしてやらないと失礼だよなぁ？　ククク……

「なるほど。わかった」

「ご満足いただけましたか？」

「ああ」

そう言って俺は残りの報酬として金貨二百枚を渡した。

「はい、確かに。ではまたのご利用をお待ちしてますよ」

そのまま背中を向けて立ち去ろうとする情報屋に、後ろから声をかける。

「おい情報屋」

「はい？」

「もう一つ欲しい情報がある――」

終章　ブライトファンタジーII

B-GRADE ADVENTURER WITH A BAD GUY FACE BECOMES A DADDY TO THE HERO AND HIS FELLOW CHILDREN

「……地獄で永遠に苦しめ、ゴミどもめ」

薄暗い部屋の中で横たわる死体に蔑《さげす》むような視線を向ける黒髪の青年。

(……おれ達をバラバラにした『強欲な蜘蛛《クモ》』も壊滅させたし、勇者も終わらせた。奴隷商もコイツで最後……アリア姉……仇《かたき》はとったよ)

剣を鞘に納めながら部屋から出る青年。そのまま屋敷から出ようとしていた青年だったが、途中で偶然、隠し通路を発見した。

もしかしたらこの先にまだ生きている奴隷達がいるかもしれないと思った青年は、魔法で作った小さな灯りを頼りに通路の先の階段を下りる。

地下へと続くその階段の先は牢屋になっており、その一番奥には複数の白骨化した死体があった。大きさからしてすべて子供のものだろうか……死体は寄り添うように冷たい床に転がっている。

そんな子供達の死体を見て青年はギリッと歯を食いしばる。

(この子達が一体何をしたというんだ……おれ達が一体何をしたというんだ！　ただお互いに身を寄せあって生きていただけなのに)

無意識にその子供達と自分の境遇を重ねる青年。あの日突然奪われた、もう二度と戻ることのない小さな幸せ。

許せない。こんな理不尽が許せるわけがない。

背中を向けて歩きだす青年。

復讐をしても亡くしたものを取り戻せないことなんてわかっている。ただ、他人から奪ってきた奴らに奪われる悲しみを、苦しみを、絶望を味わわせたいだけなのだ。

渇いてひび割れた心は、奴らの血でしか潤うことはないのだから。

To Be Continued

APPENDIX

B-GRADE ADVENTURER
WITH A BAD GUY FACE
BECOMES A DADDY TO THE HERO
AND HIS FELLOW CHILDREN

グレイ

Gray

男／age34／194cm

人相がとても悪く、山賊、野盗、チンピラなどによく間違われる。物心ついた頃から親はおらず、地方の小さな村で村人達と一緒に暮らしていた。幼少期に魔物に襲われるも、偶然通りかかった冒険者に助けられる。それ以来、冒険者に対して強い憧れを抱き、自身も冒険者を目指すきっかけになる。昔は『一振りの剣』というパーティに所属しており、現在はソロで活動している。転生者ではあるが、過去の記憶を年齢ごとに思い出すというかなり特殊な状態のため、この世界がRPG『ブライトファンタジー』の世界だと知ったのも冒険者になってかなり経ってからだった。

『ブライトファンタジー』にはしっかり登場している。

CHARACTER

イスカ

Yiska

男／age11／152cm

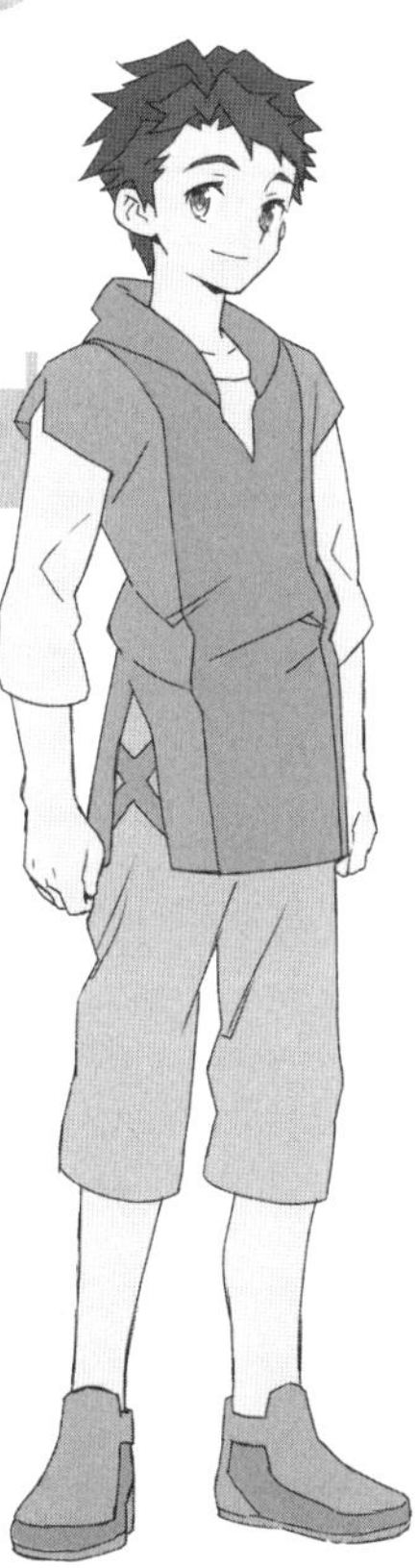

見た目は平凡な少年。年齢の割には鍛えられた体をしており、性格は大人しく自己主張をしない。クラスの自己紹介で「イスカです。よろしくお願いします」で終わらせるタイプ。フィオとは幼馴染みでよく言い合いをしているが仲は良い。育ってきた村が魔物に襲われ、フィオと二人でなんとか難を逃れて生き残るも村は壊滅してしまったため、通りかかりの乗り合い馬車に助けられバストークに来た。

『ブライトファンタジー』の主人公（名前変更可）。アリアメル達と出会い共に暮らし始めるも、「蜘蛛」に襲われて全員バラバラになる。そして皆のその後を知ったイスカは……。

フィオ

Fio

女／age11／145cm

CHARACTER

イスカと同じ村で育った幼馴染みの少女。明るく世話焼きで優しい性格だが、ちょっと言葉使いはキツめなツンデレさん。イスカのことが好きで、そのことを隠しているつもりだが、ちびっこ達にも余裕でバレている。

『ブライトファンタジー』には過去シーンにのみ登場。少女の死は一人の心優しい少年を狂わせた。

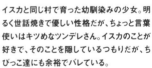

CHARACTER

Ariamel

アリアメル

Ariamel

女／age13／157cm

グレイの拾った孤児達の中では最年長。みんなのおか……お姉ちゃんで、読み書きや計算ができて家事も得意。豪商の家のお嬢様だが本人は過去を語りたがらないため、詳しいことは誰も知らない。優しくて責任感が強い。ニナ達に甘すぎるグレイには苦言を呈すこともしばしばある。みんなの暮らしや、グレイの帰ってくる場所を守りたいという気持ちは相当なもの。

『ブライトファンタジー』では過去のシーンでのみ登場。『絶望の聖女アリアメル』

CHARACTER

ニナ

Nina

女／age3／88cm

グレイを『おとーしゃん』と呼ぶ天真爛漫な性格の幼女。グレイ家のちびっこ三人衆の一人。よく三人でお客さんの審査をしていて審査は甘め。甘えん坊で我が儘を言ってはグレイをよろ……困らせている。"父"から誕生日に貰った人形は彼女にとっての大切な宝物。もともとは森の小屋で大好きな"父"と二人で暮らしていた。その後、街の中で一人さまよっていたところをアリアメルに拾われる。それが彼女の幸運の始まりとなる……。

『ブライトファンタジー』には過去シーンと一部だけ登場。『○○○○の少女』

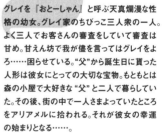

CHARACTER

Stella

ステラ

Stella

女／age4／96cm

ヴァンパイアと人間のハーフの少女。表情の変化は乏しいが、その言動を見ていると感情豊かな少女であることがわかる。グレイ家のちびっこ三人衆の一人。ヴァンパイアハーフとして迫害されてきた為に審査は厳しめ。甘い物が好きでお菓子食べたさにご飯の量を減らすなどちょっと狡《ずる》いところもある。もとは母と二人暮らしだったが、母が過労と病で亡くなり住んでいた家を追い出され、さまよっていたところをアリアメルに拾われる。

『ブライトファンタジー』には登場する。但し……『○○の○○ステラ』

CHARACTER

Lutz

ラッツ

Lutz

男／age4／95cm

おっとりとした性格で、食べることとグレイが大好きな赤毛の少年。グレイ家のちびっ子三人衆、最後の刺客。その名は赤毛のラッツ! お客さんの審査は普通。大体誰にでも愛想は良い。何故か言葉を話すことができないが、本人もほかの子達も特に気にしてはいない。特技は動物と仲良くなれること。野良犬や野良猫と見つめあってる姿をよく見かける。ボロボロの服でバストークをさまよっていたところをアリアメル（また君か）に拾われる。ラッツという名前はアリアメル達がつけたもので本名はわからないが、そもそもあるのかどうかすら……。

『ブライトファンタジー』には登場する。但し……『〇』

CHARACTER

エミリア

Emilla

女／age29／171cm

グレイの旧パーティメンバーで元恋人。現在は『戦乙女』というA＋ランクのパーティのリーダーをしている。固い口調に少しキツめな美人で、同じ冒険者だけでなく貴族にもファンが多い。剣の腕は身体強化をしたグレイを凌ぐほどで、カリスマ性もあり、率先してみんなの前に立つ姿は見るものを惹き付ける。ここまで語っておいてなんではあるが、こと恋愛に関してはポンコツで昔の小学生レベル。グレイのことが今でも好き。貴族の三女で、カーシャとは産まれた時からの付き合いであり、頭が上がらない存在。

『ブライトファンタジー』にも登場。基本は味方として。条件を揃えると……

カーシャ

Carsha

女／age29／162cm

グレイの旧パーティメンバーで、エミリアの保護者的存在。母はエミリアの実家でメイドをしており、エミリアの母と仲が良かった為、幼い頃から二人でいることが多かった。『戦乙女』のサブリーダーで、補助や治癒魔法の腕は高位神官の瞳を曇らせるレベル。面倒見が良く、『戦乙女』みんなのお姉さん。『戦乙女』にはグレイとエミリアの仲を応援する派と応援しない派がいるが、カーシャは当然前者。

『ブライトファンタジー』にはサブキャラとして登場。

CHARACTER

ハルサリア

Halsalia

女／age97／150cm

『戦乙女』所属のエルフの射手。97歳だが、人間でいうと27歳くらい。『戦乙女』の最古参メンバーで、冒険者ギルドでエミリアとカーシャに出会い三人でパーティを結成した。普段から眠そうな目をしているが実際ちょっと眠い。冒険者歴が長く射手としても斥候（スカウト）としても一流の腕前。しかし、魔法は苦手。面倒臭がりだが付き合いはよく、友人は多い。グレイとエミリアの仲については正直どうでもいいと思っている。

『ブライトファンタジー』ではサブキャラとして登場し、一度だけ主人公パーティに参加する。しかし……。

皆様はじめまして。作者のえんじです。
この度は『悪人面したB級冒険者 主人公とその幼馴染たちのパパになる』を手にとっていただき誠にありがとうございます。初の書籍化ということもあり、さまざまな方にご迷惑をおかけしながら、なんとかここまでやってくることができました。

じつはこの作品、「悪役転生もの」を一度書いてみたい。と思い、ゆっくりと十話ぐらい書き溜めてから予約投稿して後は気分が乗ったら書こう……くらいの気持ちで書き始めました。ですが、一話を書いてから間違えて普通にそのまま投稿してしまい、次の日には何人かの方が作品をフォローしてくれているではありませんか。流石にそのまま気分が乗るまで放置とはいかず、慌てて二話、三話と書いて連載を始めました。あの時はまさかここまで多くの方に読んでもらえるとは思ってませんでした。

設定なのですが、当初は主人公であるグレイは転生者であることを加味してもうちょっと穏やかで能天気な性格でと考えていたんですが、気付けばやたら極端な性格に。見た目も『とにかく悪そうな顔』……以外のイメージはなく、Ｗｅｂのコメントでモヒカン、革ジャン、棘付き肩パッドと書かれていて。自分の知らないうちに世紀末的なイメージが持たれている⁉と笑ってしまいました。今となっては凶悪な顔とチンピラのような態度で、悪人に容赦がなく、依頼を真面目にこなす首狩り冒険者モードと、子供が大好きで、周囲に怒られながらも甘やかすことがやめられない駄目なお父さんモードが同居する、自称『どこからどう見ても冒険者』に。冒険者としてハードボイルドでカッコいい面と、父親として厳しくも優しい面のあるキャラを目指していたのにどうしてこうなった……。一応『ブライトファンタジー』の鬱シナリオ部分を、始まる前に駆逐し続けるというところだけ予定どおりではあります。あとは、世界観について最初にすべて説明しようとすると、そこで脱落してしまう方もいるだろうということで小出しで説明しています。……なので、よくよく読んでみると隣国のストリア聖国や、さらにその隣のコダール王国の名前は出ているのに、グレイの住んでいる国の名前も未だに出ていなかったりします。

初めて書籍化のお話をいただいた時はその事実を受け止めるのに丸一日かかりました。自分では平静を装ってたつもりですが、仕事中に職場の先輩に「様子がおかしいけど何かあった？」と聞かれるなどかなり挙動不審だったみたいです。しかもお話を聞いてみるとイラストレーターにあのハラカズヒロ様が……自分なんかの作品に本当に大丈夫なのだろうか？と暫くの間かなりビクビクしておりました。ですが、送られてきたイラストを見た瞬間にあまりにも素敵でテンションがＭＡＸになり、これは自分も頑張らねば！と思い、なんとかここまでやってこれました。さらになんとコミカライズのお話までいただいて……電撃コミック レグルスさんで連載されます。そちらの方も、是非宜しくお願いします。中学生の時に漫然と小説家になりたいなぁ……なんて思っていましたが、まさか叶うなんて。これも読者である皆様と、数あるＷｅｂ小説の中からこの作品を見つけてくださったＫＡＤＯＫＡＷＡ様のお陰です。

最後にいまこれを読んでくださっている読者の皆様、素敵なイラストを描いてくださったハラカズヒロ様、装丁をご担当していただいた名和田耕平デザイン事務所様、そして校正者様、印刷会社様。この本に携わってくださいましたすべての皆様にこの場を借りてお礼申し上げます。

では、また次巻でお会いできれば幸いです。

二〇二三年三月吉日　えんじ

奴隷商に捕まった
アレスの仲間たちを助け、
いつもの平穏が訪れた
グレイだったが
ギルドマスターから
近隣で相次ぐ
子どもの誘拐事件を
解決してほしいと
依頼される。
事件の
黒幕と

その目的とは——
悪人面したB級冒険者
主人公とその幼馴染たちのパパになる
02
B-GRADE ADVENTURER WITH A BAD GUY FACE BECOMES A DADDY TO THE HERO AND HIS FELLOW CHILDREN
2023年
夏
発売予定!!

悪人面したB級冒険者
主人公とその幼馴染たちのパパになる

B-GRADE ADVENTURER WITH A BAD GUY FACE
BECOMES A DADDY TO THE HERO AND HIS FELLOW CHILDREN
01

2023年3月30日　初版発行

著 ―― えんじ
イラスト ―― ハラ カズヒロ

発行者 ―― 山下直久
編集 ―― ホビー書籍編集部
編集長 ―― 藤田明子
担当 ―― 野浪由美恵
装丁 ―― 名和田耕平デザイン事務所
（名和田耕平＋小原果穂＋高橋仁菜）
発行 ―― 株式会社KADOKAWA
〒102-8177 東京都千代田区富士見2-13-3
電話 0570-002-301（ナビダイヤル）
印刷・製本 ―― 図書印刷株式会社

●お問い合わせ
https://www.kadokawa.co.jp/（「お問い合わせ」へお進みください）
※内容によっては、お答えできない場合があります。※サポートは日本国内のみとさせていただきます。※Japanese text only　定価はカバーに表示してあります。

Printed in Japan ISBN:978-4-04-737330-3 C0093

本書は、カクヨムの掲載された「悪人面したＢ級冒険者 主人公とその幼馴染たちのパパになる」に加筆修正したものです。